感染症の時代と夏目漱石の文学

小森陽一

かもがわ出版

まえがき

本書『感染症の時代と夏目漱石の文学』の基になっているのは、二〇二一年の五月から六月上旬にかけて、オンラインで行った、広東外語外貿大学日本語言語文化学院（以下、広東外大と略記）での集中講義です。これまでも私は、広東外大で何度も集中講義を行って来ました。しかし、この間の「コロナ禍」の中で、実際に広東外大に赴いて講義をすることは難しく、オンラインでの集中講義に切り替えて行うことになりました。

現在、広東外大の院長は陳多友教授です。陳教授は、大学院生の頃、東京大学大学院言語情報科学専攻の留学生として来日し、私が指導教官に指名されました。そして立派な学位請求論文を書き上げ、博士号を取得した日本文学研究者です。その意味で、かつての師弟関係を軸にして、この集中講義は成立したことになります。もちろん広東外大では、私がかつて指導した複数の留学生たちが、現在教授として学生たちに日本語と日本文化を教えています。

集中講義のテーマ「感染症の時代と夏目漱石の文学」は、私のほうから即座に広東外大側に提案しました。コロナ禍の中で、私は「感染症の時代と夏目漱石の文学」と題して、いくつもの日本の都市で講義を行って来ました。それは夏目漱石が感染症の国内での流行と、日清戦争（一八九四〜一八九五）と日露戦争（一九〇四〜一九〇五）という、海外での戦争遂行と兵士の感染、その帰還による感染の日本国内での広がりを、正確に自らの小説の中でとらえていたからです。

けれども、通常の講演会の持ち時間は九〇分、長くて一二〇分です。夏目漱石がどの小説で、どのような感染症に言及しているのかを紹介し、それがその小説の作中人物の関係にどのような影響を与えているかを指摘する時間しかありません。もし夏目漱石の小説の構造それ自体との関係まで踏み込むのであれば、一作に限定しなければなりません。けれども広東外大の集中講義として与えられた時間は、単発講演では得られない、十分な長さでした。感染症が作中人物たちの人生の在り方を決定的に変えることも含めて、それぞれの小説にかなり踏み込むことが出来るものでした。

第一講は漱石デビュー作の『吾輩は猫である』の苦沙弥先生と、唯一の自伝小説である『道草』の主人公健三の頬にある痘瘡《とうそう》に罹《かか》ったことを示す「痘痕《あばた》（以下、アバタと表記）」の意味。漱石自身頬にアバタがあったからです。第二講は『三四郎』の主人公が魅惑される二人の女性、野々宮よし子と里見美禰子と同時に出会うのが「青山病院」であることの創作意図。そして第三講は『それから』の女性作中人物三千代が日露戦争の終わる頃、「青山病院」である東大病院に入院していた母と見舞いに来た兄とを「腸チフス」で失うこと。第四講では『門』の主人公宗助と御米夫婦の運命と、腸チフスとインフルエンザという二つの感染症との関わりを論じています。

文章は書き言葉に直しました。どうか、取り上げている漱石の小説を、かたわらにおいて、言及箇所の前後に目配りしながら読んでください。

感染症の時代と夏目漱石の文学 ❖ もくじ

＊引用は岩波文庫版によった。

装丁　加門　啓子

第1章

『吾輩は猫である』『道草』

夏目漱石の『吾輩は猫である』で苦沙弥先生は顔のアバタを気にしています。つまり痘瘡《とうそう》ウイルスによる感染症に罹《かか》った痕跡が、顔に残っていることを、漱石はとても気にしていたわけです。唯一の自伝小説『道草』でも、そのことにこだわっています。漱石文学の一つの出発点は、天然痘という「感染症」なのです。

肖像写真にこだわった夏目漱石

これから、「感染症の時代と夏目漱石の文学」というテーマで、いくつかの漱石の代表作について考えていきます。感染症が近代社会においてどういう意味をもっていたのか、ということについて、夏目漱石がしっかりと考えていたのだということを、この二年間、コロナ禍の中で、漱石の小説を読み直すことによって、私はあらためて確信することができました。

歴史を見ても、感染症の流行が戦争を仲立ちとして、さまざまな形で世界に広げられ、大きな影響を及ぼして来ました。アメリカ合衆国の兵士たちがヨーロッパ大陸に持ち込んだインフルエンザが、スペインが第一次世界大戦の中立国であったがゆえに「スペイン風邪《かぜ》」と名付けられ、世界的な流行になり、それが結果として第一次世界大戦を終わらせることにつながりました。その当時夏目漱石は既に生きていませんでしたが、日本の文学者でいえば、島村抱月《ほうげつ》がスペイン風邪に罹って命を失い、抱月のはからいで初めての舞台女優となった松井須磨子《すまこ》が後追い自殺をするという、きわめて劇的な事件が起こりました。

夏目漱石という作家は、自らのかなり多くの小説に感染症の問題を書き込んでいますが、それがどういう意味を持ち、いま私たちがコロナ禍を乗り切るなかで、また、その後の人類社会のあり方を考えていくうえで何をどう参考にすべきなのか、ということも併せて、考えていくことができればと思います。

まず初めに、夏目漱石のデビュー作と言われている、俳句雑誌『ホトトギス』に一一回にわたって連載された『吾輩は猫である』と、この小説を書いているときの自分をモデルにした、一作だけの自伝的な小説である『道草』についてお話しします。この二つの作品の中に感染症の問題がどのように出てくるのか、について考えます。感染症とは、天然痘《てんねんとう》のことです。夏目漱石の写真をご覧になったことがあると思いますが、顔をやや左側に向けて体を右向きにし、顔の左側が写っているものが多いのではないかと思います。夏目漱石の右頬には天然痘を患った痕跡としてのアバタが残っていて、それを漱石自身がとても気にしていたこともあって、写真に撮られるときは、それを隠すようにしていたのです。二〇〇七年まで日本で発行され流通していた千円札の漱石の顔写真は、正面を向いた写真でアバタはありません。それは修正写真だからです。

夏目漱石の時代には写真の修正がよく行われましたので、数少ない正面写真では、アバタのあとはしっかり消されています。「修正写真の時代」ということに関しては、漱石自身も自覚をしており、『硝子戸《がらすど》の中』という私生活に題材をとった唯一のエッセイ集にも、そのことが触れられています。当時は写真の草創期でしたから、『にこにこ画報』という有名人の破顔の笑い顔を載せることを趣旨とした、いまから考えると奇妙な雑誌がありました。漱石はその『にこにこ画報』から取材を求められ、カメラマンから「笑ってください」と言われましたが、他人の言葉に従って笑い顔などできるものではないとして、本人としてはかなりむっつりした顔で写ったつもりでしたが、実際に雑誌に載った写真は破顔の笑い顔でした。つまり、修正写真で笑い顔がつくられてしまったわけで、そのエピソードを皮肉めいて書いていますから、写真についてはかなり意識していたことが伺えます。夏目漱石が自分の顔に天然痘を患ってしまった痕跡としてのアバタがあるということに、どこまでこだわっていたのか、そのことがまた、漱石の小説を読む上でどのような意味を持つのかということについて話を進めていきます。

『道草』の主人公健三に見る暗い記憶

まず、唯一の自伝的小説である『道草』のなかで、主人公の健三の頬にはアバタがあるという設定ですが、それがどのように書かれているのかについてご紹介します。この小説は、大学の教師である健三という主人公が、大学と自宅を往復する道筋でかつての養父に出会い、その養父からお金を要求されるようになり、何とか縁を切りたいと思って、過去のさまざまな証文を一〇〇円で買い取る、という筋書きの小説です。ちょうど、『吾輩は猫である』という最初の小説を書いて、小説家として原稿料を稼げるようになり、その収入から一〇〇円を手切れ金として渡して、養父側が持っていたさまざまな書類を買い取ったという、夏目金之助自身の過去と重なっている小説内的設定になっています。健三は、養父に育てられていた子ども時代を思い出したくなかったのですが、養父と再会してしまったがために、その記憶が微妙に健三を脅かす形で蘇ってくるというあたりが、この小説の大事なところです。

子どものころの記憶ですから、なかなかはっきりとは浮かび上がってきませんが、健三の意識の中にその記憶がせり出してくるところが重要です。最初は、養父母と一緒に生活していた建物の構図などが記憶から蘇ってきます。健三には養父母と暮らした過去を思い出したくないという抑圧がずっとかかっていましたから、思い出したくない人物は出てこずに、家の空間的記憶だけがおぼろげに浮かんでくるという叙述です。

全部で一〇二章ある長編小説の三九章に、回り燈籠《どうろう》のように記憶の舞台が変わっていく一コマとして、アバタの話が出て来ます。

　それから舞台が急に変った。淋《さみ》しい田舎《いなか》が突然彼の記憶から消えた。
　すると表に櫺子窓《れんじまど》のついた小さな宅《うち》が朧気《おぼろげ》に彼の前にあらわれた。門のないその宅は裏通りらしい町の中にあった。町は細長かった。そうして右にも左にも折れ曲がっていた。
　彼の記憶がぼんやりしているように、彼の家も始終薄暗かった。彼は日光とその家とを連想する事が出来なかった。

彼は其所《そこ》で疱瘡《ほうそう》をした。大きくなって聞くと、種痘が元で、本疱瘡《ほんぼうそう》を誘い出したのだとかいう話であった。彼は暗い橊子のうちで転《ころ》げ廻った。惣身《そうしん》の肉を所嫌わず掻《か》き挘《むし》って泣き叫んだ。

『道草』という小説に出てくる、このわずか八行ほどのなかに、主人公健三が幼少期に「種痘」に失敗していたことが述べられています。一八世紀の終わりごろの有名な絵画に、人類最初の予防接種の場面が出てきます。一人の少年に医者らしき人が無理やり、今で言うところの予防接種を打っている構図です。牛飼いの女性が牛から伝染して牛痘《ぎゅうとう》を患いますが、牛の疱瘡《ほうそう》が人間にうつるわけですから、人間同士の感染よりは重くないので、いったん罹るともう罹らないということが知られていきました。一七九六年五月一四日、牛痘に罹っていた娘の痘疹《とうそう》の膿《うみ》をジェームス・フィップスという少年に、エドワード・ジェンナーが打ったというのが、ワクチン接種としての種痘の始まりなのです。この五月一四日というのは、私の誕生日と同じなので、妙に引っかかっていて、感染症の話になると、あの絵画が必ず思い浮かんでくるのです。一八世紀の末に、あらかじめ感染症の病原菌を打っておくとウイルスを追い払う抗体ができ、それによって感染を防ぐことができるという、予防接種としての「ワクチン接種」の始まりでした。

日本では新型コロナのワクチンがいつになったら打てるのかというニュースが飛び交いましたが、その最初のワクチンのジェンナーによる接種が一七九六年、そして、さまざまな伝染病に関して、ワクチン接種が行われるようになったのが、開けて一九世紀だったわけです。漱石の時代は、ワクチン接種が国家によって奨励される状況になっていました。江戸時代はずっと漢方の医学でやっていましたが、ワクチンの接種は西洋医学の免疫をめぐる基本的な考え方に基づくものですから、日本に入ってきたのはずっと後のことでした。夏目漱石本人が幼少期に種痘に失敗して、実際に疱瘡に罹ってしまい、そのあとが右頬に残り続けているというのは、明治という時代の痕跡を象徴するような出来事でした。

日本に種痘が入ってきたのは一八四九年で、モーニッケというオランダ人によって、長崎で施行されました。牛痘の種痘法を江戸市民にも広げようとしたわけです。日本はこのときオランダとだけ貿易をしていましたが、一八五三年にペリーが来航して日本に開国を迫り、それまで鎖国をしていた日本が開国をして一八五八年に「安政五カ国条約」が結ばれました。日本が外国に門戸を開くにあたって、世界的な感染症であった疱瘡の予防接種を日本の人たちにすることは、とても大事なことだというので、同じ一八五八年に江戸の神田お玉ヶ池に、牛痘の接種をする種痘所と呼ばれる施設をつくりました。そして、幕府は一八六〇（万延元）年に、これを直轄の「種痘所」にして財政的なてこ入れをし、一八六一年にこの種痘所を西洋医学所と名付け、日本の漢方の医学に対する西洋医学の拠点にしていきます。つまり、日本における西洋医学の発祥の地が種痘所だったのであり、日本の医療政策そのものの転換と種痘は結びついていたのです。

夏目漱石の本名は夏目金之助ですが、金之助という名前は、生まれた日の日付けが、「金」の字を名前に入れないと大泥棒になるという迷信に基づいて付けられたようです。塩原昌之助という養父のところに金之助は養子にやられます。その塩原昌之助は、『道草』の一説にあるように、明治が始まってすぐ、新宿あたりで、いまでいう区長のような仕事をしていました。明治新政府が医療政策を西洋医学に切り替える、その象徴的な意味合いをもたせて、東京区民に天然痘の予防接種としての種痘を受けさせようとしていたのです。それで塩原昌之助としても、金之助を大事な養子として迎え入れ、跡取りになるはずの大切な幼い息子にも種痘を受けさせるのだから、みなさんも受けてくださいという宣伝のつもりだったのでしょう。けれども、それが失敗して金之助は「本疱瘡《ほんぼうそう》」に罹ってしまったわけです。

塩原金之助は、二〇歳になる頃に夏目家に復籍します。『道草』という小説では、実家に復籍したのに、「島田」という老いた元養父が、生活の援助を求め、小遣いをくれとやってきます。その関係を何とかして断ち切りたいと思って、小説を書いた原稿料で手切れ金を払うというのが、『道草』という小説の基本的な設定です。そしてこの小説を書く、夏目漱石という筆名の作家になる前の、塩原金之助から夏目金之助に転換していった記憶の根幹に、天然痘のアバタが刻まれているということが重要です。『道草』は漱石の自伝的な小説で、小説家としてはかなり有名になり、お弟子さんたちもいろいろな所で、「漱石先生が……」という話をしているなかで、満を持して、自分が作家としてデビューするころの話をあえて書いた作品です。情報としては多くの読者に知られていたことをあらためてまとめて書くというのが、『道草』の三九章の意図なのです。

種痘に失敗して跡が残ってしまったという叙述は、なかなか記憶の在り方を象徴するような描き方になっているわけです。

彼の記憶がぼんやりしているように、彼の家も始終薄暗かった。彼は日光とその家とを連想する事が出来なかった。

日光に照らされた家を連想できないような、常に陰の中にあった家で疱瘡に罹り、暗闇の中で七転八倒している暗い幼少時の記憶の跡が、そのまま今の自分の顔に残っているという自己認識です。

『吾輩は猫である』に登場する「送籍」とアバタ

自らの疱瘡への種痘予防接種の失敗による感染の問題に、夏目漱石が初めてふれたのは、デビュー作の『吾輩は猫である』においてです。この小説は全部で十一章までありますが、第九章でそのことにふれています。

『吾輩は猫である』第一回が発表されたのは、一九〇五年一月、俳句雑誌『ホトトギス』です。

この小説は「吾輩は猫である。名前はまだ無い。」と始まります。語り手の「吾輩」は苦沙弥先生の飼い猫ですが、名前はまだつけられていません。その無名の猫の一人称の語りで話は進められていきます。最初は、一回完結で終わるはずでした。

なぜ、『ホトトギス』という俳句雑誌に夏目漱石が『吾輩は猫である』を書いたのかといいますと、『ホトトギス』という俳句雑誌を創刊したのは、夏目金之助の学生時代からの友人であった正岡子規だったからです。正岡子規は、漱石がイギリスに留学している間に、結核で命を落としそうになり、悲痛な手紙が、東京の子規とロンドンの漱石との間でやりとりされます。正岡子規が亡くなったあとも、『ホトトギス』という雑誌は、弟子にあたる高浜虚子など、漱石の友人や弟子筋にあたる少し年若い友人たちによって発行されていました。正岡子規は原稿料だけで生き抜いてきた原稿料生活者でしたので、亡くなると文筆による収入がなくなり、妹は何とか職を得て自立しようとがんばっていますが、残された老いた母親の生活は厳しいわけです。『ホトトギス』の雑誌の収入の一部は遺族に回していました。子規が死ぬ間際まで書いていた病床日記を、一九〇五年一月号の『ホトトギス』の特別付録として発行しようということになりました。それで、それなりに名をなしていた夏目漱石に、その付録に小説を書いてもらえないかという依頼があったわけです。雑誌本体が売れれば付録の発行部数も多くなります。それが『吾輩は猫である』の執筆の始まりであり、結果としてこの作品はすごく評判をとったのです。

『吾輩は猫である』が掲載された『ホトトギス』が出たのは一九〇五年一月でしたが、年が明けて多くの死者を出していた旅順の決戦で勝利し、戦勝祝いのようになり、そこから一気にロシアに対する外交交渉に持ち込んでいくことになります。ですから、日露戦争二年目の年の旅順陥落直後の発行ということになるわけです。世の中のメディアはすべて戦時報道一色になっているところに、「吾輩は猫である。名前はまだ無い。」という中学校の英語教師苦沙弥のところに、名前を付けられないまま居候している猫の話が発表されたわけですから、戦時一色の活字文化の中ではまったく異質なものでした。それが評判をよんで、結果として『ホトトギス』もよく売れたのです。それで、高浜虚子たちは、「一回で止めることはないでしょう、連載を続けてください」ということになり、その後『吾輩は猫である』の連載が継続することになるわけです。

日露戦争は、旅順での陸軍の戦いの成果で旅順港を押さえたことによって、ロシアの艦隊の活動ができなくなります。それで、ピョートル大帝がつくったロシアの主力艦隊であるバルチック艦隊が、ユーラシア大陸の北の端にあるバルチック海から大西洋側のアフリカの西海岸を南下して喜望峰に至り、かつてのマゼランの大航海のようなコースを辿ってインド洋から日本海に入ってきます。それを日本の艦隊が迎え撃つという日本海海戦で、いわゆる「日露戦争」は勝利するわけです。しかしロシアの陸軍は、シベリア鉄道で満州方面に集結して来ていますから、日本海海戦で日本はぎりぎり勝ったことにし、陸軍同士の決戦は避けたいということで、ロシア軍と日本側が手打ちをしようということになります。中立国としてのアメリカが間に入って、アメリカのポーツマスで講和会議が行われ、その結果、一九〇五年九月五日に結ばれたのが、ポーツマス講和条約です。結果として、日清戦争のときのように莫大な戦争賠償金はロシアからは一銭も取ることができない、という条約の内容になったわけです。

このポーツマス講和条約に対して、日清戦争の経験から戦争で勝ったら儲かるものだと日本の庶民は思っていましたから、何らかの形で徴兵を忌避《きひ》し、戦争で命のやりとりにさらされていない男たちが講和条約に反発し、条約が結ばれる当日、東京の日比谷公園に群衆が集まり、大暴動になります。歴史の教科書でいうところの「日比谷焼き討ち事件」です。一九〇五年九月号に発行された『ホトトギス』には、『吾輩は猫である』の連載第六回が載りますが、漱石は『一夜』という短編小説を『中央公論』に発表していました。それについて『吾輩は猫である』の連載第六回には、次のように『一夜』の話が出てきます。

「先生御分りにならぬのは御尤で、十年前《ぜん》の詩界と今日の詩界とは見違えるほど発達しておりますから。「この頃の詩は寐転《ねころ》んで読んだり、停車場《ていしゃば》で読んでは到底分り様がないので、作った本人ですら質問を受けると返答に窮する事がよくあります。全く、インスピレーションで書くので詩人はその他には何らの責任もないのです。註釈や訓義は学究のやる事で私共の方では頓《とん》と構いません。先達《せんだっ》ても私の友人で送籍《そうせき》と云う男が『一夜』という短篇をかきましたが、誰が読んでも朦朧《もうろう》として取り留めがつかないので、当人に逢《あ》って篤《とく》と主意のあるところを糺《ただ》して見たのですが、当人もそんな事は知らないよといって取り合わないのです。全くその辺りが詩人の特色かと思います」「詩人かも知れないが随分妙な男ですね」と主人が云うと、迷亭が「馬鹿だよ」と単簡に送籍君を討ち留めた。東風君はこれだけではまだ弁じたりない。「送籍は我々仲間のうちでも取除《とりの》けですが、私の詩もどうか心持ちその気で読んで頂きたいので。ことに御注意を願いたいのは、からきこの世と、あまき口づけと対をとったところが私の苦心です」

これは、越智東風《おちとうふう》という自称詩人が、自分の詩を紹介したあと、「訳がわからないね」と言われ、「最近の詩はこういうものなのですよ」と話す場面で、そこに漱石の短篇小説『一夜』の話が出てくるのです。大事なことは、この『吾輩は猫である』第六回では、漱石という言葉に当ててある字が、「送籍」というダジャレになっていることです。戸籍を送ると書いて「送籍」と読ませているわけです。これについては、作家の丸谷才一さんが、貴重な論文を書いておられます。

夏目漱石、本名夏目金之助は、東京帝国大学に在学している間は徴兵されませんでしたが、在学期間が終わる頃と日清戦争の始まりが微妙に接近していたのです。そのときには、もともと金之助は夏目家の末っ子ですから、戸籍を夏目家に戻しています。『道草』で書かれていたように、養子先の塩原家から戸籍を抜いて夏目家に戻っていたわけです。兄が家を継いでいますから、金之助は徴兵の対象になるわけです。

夏目金之助がどこに籍を移したかといいますと、北海道後志郡岩内町の浅岡仁三郎という人の跡取りとなっているのです。北海道後志郡岩内町というのは、今は小さな町です。けれども日清日露の戦間期は、北海道の北洋漁業、とりわけ小林多喜二の『蟹工船』に出てくるカニ漁や鮭漁、そういう北の海の幸を獲る北方漁業の拠点になっていた町で、「ニシン御殿」と呼ばれる屋敷もありました。北海道に農場をもっていた有島武郎《たけお》という作家の『生まれ出づる悩み』という小説では、文学を志しながら、なかなか生計を立てることができなかった主人公をめぐる物語の舞台にもなっている町です。私は北海道大学出身ですが、学生時代には、岩内町役場には「夏目漱石本籍地」という石碑が建っていたぐらいで、観光名所になっていたかどうかはともかく、それを売りにしていました。

夏目金之助が日清戦争直前になぜその北海道後志郡岩内町に戸籍を移したかというと、日清戦争当時北海道は日本の最初の植民地としての扱いになっており、居住者は徴兵の対象になっていなかったからです。明治新政権に対して最後まで軍事的に抵抗した会津などの東北諸藩の武士たちを、このまま本州に置いておいたらかなりきな臭いことになるかもしれないという明治政府の恐れから、国家が金をだして北海道開拓を行い、屯田兵《とんでんへい》制度をつくりました。開拓した土地は自分のものにしていいとして移民を奨励し、武装移民として多くの士族を派遣したのです。今でも札幌の郊外には「屯田」という地名が残っています。それで、植民地開拓をしているのだから事実上の戦争状態の地域だということで、北海道に戸籍をもっている者は徴兵の対象にならなかったのが、日清戦争までの時期でした。

それが、『吾輩は猫である』を書いている日露戦争の時期には、北方の戦線での戦いが多かったために、北海道出身の兵士たちが戦地に送られて、旅順攻略の戦いで命を落としました。先住民であるアイヌの人たちも徴兵をされて多くの死者を出しました。そういう日露戦争の結果、日清戦争とは違って賠償金なしの講和が結ばれ、多くの人たちが不満を抱えている、ポーツマス講和条約が結ばれた同じ月の一九〇五年九月に発表した『一夜』という小説を、わざわざ『吾輩は猫である』の第九章に引用して、それを書いた自分のペンネームである漱石を「送籍」と変形させて、徴兵を忌避したことをここで告白したのではないのか、というのが丸谷才一さんの議論なのです。

『吾輩は猫である』では、苦沙弥先生という架空の中学校の英語教師であり、限りなく漱石に近い人物の飼い猫の話のなかで、自分の名前を「戸籍を送った人間」として書いた上で、自分がこだわっているアバタ面《づら》に言い及ぶわけです。

『吾輩は猫である』の第九章の冒頭はいきなり次のように始まります。

> 主人は痘痕面《あばたづら》である。御維新前《ごいっしんまえ》はあばたも大分流行《はや》ったものだそうだが日英同盟の今日から見ると、こんな顔は聊《いささ》か時候後《おく》れの感がある。あばたの衰退は人口の増殖と反比例して近き将来には全くその迹《あと》を絶つに至るだろうとは医学上の統計から精密に割り出されたる結論であって、吾輩の如き猫といえども毫《ごう》も疑《うたがい》を挟《さしはさ》む余地のない程の名論である。現今地球上

にあばたっ面を有して生息している人間は何人位あるか知らんが、吾輩が交際の区域内において打算してみると、猫には一匹もない。人間にはたった一人ある。しかしてその一人が即ち主人である。甚《はなは》だ気の毒である。

　吾輩は主人の顔を見る度《たび》に考える。まあ何の因果でこんな妙な顔をして臆面《おくめん》なく二十世紀の空気を呼吸しているのだろう。昔なら少しは幅も利《き》いたか知らんが、あらゆるあばたが二の腕へ立ち退《の》きを命ぜられた昨今、依然として鼻の頭や頬《ほお》の上へ陣取って頑《がん》として動かないのは自慢にならんのみか、かえってあばたの体面に関する訳だ。出来る事なら今のうち取り払ったらよさそうなものだ。あばた自身だって心細いに違いない。それとも党勢不振の際、誓って落日を中天に挽回《ばんかい》せずんばやまずと云う意気込みで、あんなに横風《おうふう》に顔一面を占領しているのかしらん。そうするとこのあばたは決して軽蔑《けいべつ》の意を以て視《み》るべきものでない。滔々《とうとう》たる流俗に抗する万古不磨《ばんこふま》の穴の集合体であって、大《おおい》に吾人《ごじん》の尊敬に値する凸凹《でこぼこ》と云って宜《よろ》しい。ただきたならしいのが欠点である。

　この叙述は『吾輩は猫である』の第九回が発表された一九〇六年、日露戦争のポーツマス講和条約がすでに結ばれた後の叙述としては、読者にきわめて強いインパクトをあたえるものになっていることは明らかです。御維新前と日英同盟の当時まで、日本が一等国になるその歴史的過程がここに刻まれているからです。さらにいえば、日英同盟が結ばれるとき、漱石夏目金之助はロンドンに留学しており、自らの類にあるアバタを相当気にしていて、日記にもいろいろなことを書いています。これは、『吾輩は猫である』第九章で、苦沙弥先生は中学校の英語の先生という設定で、漱石とかなり近い存在として位置づけられていますが、夏目漱石のようにロンドンには留学していません。ですから、苦沙弥先生は外国のことは知らないわけで、先に引用した箇所の少し後に、こんなくだりがあります。

主人は往来をあるく度《たび》ごとにあばた面を勘定してあるくそうだ。今日何人あばたに出逢《であ》って、その主は男か女か、その場所は小川町《おがわまち》の勧工場《かんこうば》であるか、上野の公園であるか、悉《ことごと》く彼の日記につけ込んである。彼はあばたに関する智識に於ては決して誰にも譲るまいと確信している。先達《せんだつ》てある洋行帰りの友人が来た折なぞは「君西洋人にはあばたがあるかな」と聞いた位だ。するとその友人が「そうだな」と首を曲げながら余程考えたあとで「まあ滅多にないね」と云ったら、主人は「滅多になくっても、少しはあるかい」と念を入れて聞き返えした。友人は気のない顔で「あっても乞食《こじき》か立《たち》ん坊《ぼう》だよ。教育のある人にはないようだ」と答えたら、主人は「そうかなあ、日本とは少し違うね」と云った。

夏目金之助のロンドン時代の日記には、自身の体験も踏まえて、今日はロンドンのイギリス人で痘痕を持っているものを何人発見した、ということが実際に書き込まれていたりしています。

ロンドン時代に自分のアバタをイギリス人たちからじろじろ見られたことに対する経験の、むなしい意趣返しになっているわけです。

『吾輩は猫である』が書かれた時代背景

大日本帝国が大英帝国と同じ一等国になった証は、一九〇二年に夏目金之助がロンドンに留学している間に結ばれた「日英同盟」にあります。そして、なぜ日英同盟が結ばれることになったのかというと、『吾輩は猫である』が書かれていたときに遂行されていた日露戦争の勃発とも不可分に関わっていました。江戸時代末期に一方的にアメリカのペリーから迫られて、日本が欧米列強に開国をし、オランダ、ロシア、フランス、イギリスもそこに便乗するという「安政五カ国条約」という形で不平等条約体制に入りました。ちょうどそのころに、最初にお話ししたように、お玉ヶ池に種痘場ができ、日本における天然痘の予防接種が西洋医学と同時に入ってくるということと全部つながっているのです。少なくとも、漱石夏目金之助の頭のなかでは、そういうつながりがきちんと形成された上で、自分のロンドン時代の屈辱的な体験も含めて、微妙にバイアスのかかった形で『吾輩は猫である』のなかに叙述されているのです。

では、日英同盟というのはいったい何だったのか。繰り返し申し上げますが、一八五八年に結ばれた安政五カ国条約は不平等条約です。日本は、欧米列強から対等な国家としては認められていませんでしたから、ヨーロッパでの三十年戦争を終結させたウェストファリア条約（一六四八）が定める対等な主権国家同士の条約ではなかったわけです。ですから、江戸幕府の大老であった井伊直弼《なおすけ》が結んだ安政五カ国条約に対し、孝明天皇は勅許《ちょっきょ》を出しませんでした。それで、天皇が認めていない屈辱的な条約を幕府が結んだのだから、政権は幕府から天皇に戻すべきだというのが、明治維新を遂行した薩摩や長州など西南諸藩の大義名分だったのです。当初勅許を出さなかった孝明天皇が亡くなり、まだ幼かった明治天皇が即位するのに乗じて、幕府方を武力で打倒したのが薩長藩閥政権でした。それまでの天皇は、南北朝の時の後醍醐天皇を例外にして、決して武器はとらず、基本的には人殺しは武士階級に任せるというのが、源平合戦を納めた後からの天皇制のあり方でした。それを崩して、不平等条約の改正を大義名分にして、明治維新が遂行されたのです。

その後、安政五カ国条約を結んだ国々に対して、一八七一年から七三年にかけて、条約改正のための岩倉使節団が送られますが、列強からは、日本はまだ国家としての体制も十分作られていないとして門前払いに近い扱いを受けます。結果として、近代化した産業や文化の在り方を学んでくるにとどまりますが、これでは大義名分がたちませんから、条約改正は引き続き明治新政府の重要なスローガンになっていきます。欧米列強の外交官たちを鹿鳴館《ろくめいかん》の舞踏会に呼んで手なづけようとした伊藤博文の鹿鳴館外交など、いろいろやっていますがうまくいきませんでした。国家間の利害が対立したとき、国家主権の発動として宣戦布告をして戦争を行うことができるのが、主権国家のもっとも重要な条件ですが、日本はそうなっていなかったのです。

そこで、日本がなぜ、一八九四年に朝鮮半島を戦場にした日清戦争に打って出たのか、ここが近代日本の転換点になるわけです。これは第Ⅱ章で詳しく説明することになりますが、日清戦争の直前に、大英帝国の植民地であった香港においてペストが流行します。ここに日本の医学関係者が調査と援助に行き、ペスト撲滅に成功する道筋がひらかれたのです。そのことが条件になって、大英帝国だけが日本と清国との戦争を、安政五カ国条約体制から離脱して認めたわけです。しかし、安政五カ国条約の一角を担っていたロシア、ドイツ、フランスは、「勝手に戦争をやりやがって」ということになります。日本は日清戦争に勝利し、戦争賠償金をせしめます。しかし領土問題に関しては、旅順のある遼東半島を中心とした海上交通の要所を日本が取るということに対して、ロシアとドイツ、フランスは反対します。これを「三国干渉」といいますが、領土は取得できず、大連辺りまではロシアが支配するということになりました。主権国家として国権の発動たる戦争ができるようになるために、日清戦争のときから日本を認めていた大英帝国と、いわば主権国家同士の条約を結んだのが一九〇二年に結ばれた日英同盟だったわけです。

それがちょうど、夏目漱石がイギリス留学をしているときの状況でした。そもそも、漱石がなぜロンドンに留学できたのかも、日清戦争の戦争賠償金と結びついているわけです。漱石が一九世紀最後の年である一九〇〇年からビクトリア女王が亡くなった翌年の一九〇二年までロンドンに留学していたステイタスは、第一回文部省官費留学生としてでした。ヨーロッパへの留学にはお金がかかりましたから、それまでは単一の省が独自に留学生を出すことはできませんでした。それが、夏目金之助が熊本第五高等学校の英語の教師をしていたときに、国家予算で英語の研修にロンドンに留学できたのは、日清戦争によって領土は取れなかったものの、莫大な戦争賠償金を二度にわたって清国から確保したことが大きな条件になっていたのです。小説で「吾輩」がいうところの、「御維新前《ごいっしんまえ》はあばたも大分流行《はや》ったものだそうだが日英同盟の今日から見ると、こんな顔は聊《いささ》か時候後《おく》れの感がある」という一言は、日本が文明開化政策によって、欧米列強とも対等な帝国にのし上がっていく日英同盟以降のプロセスを正確に捉えているわけです。

　日清戦争の戦争賠償金によって留学した夏目金之助は、自分の顔にアバタがあることを強く気にしており、差別的なまなざしで自分が見られているということを、ロンドンで経験するわけです。これも理由があることで、進化論の差別主義化が起きてくる時代だったからです。天然痘に罹ってアバタ面をしながら生き延びているような人間は、進化に逆行している「退化」だと言ったのが、ユダヤ人の評論家マックス・ノルダウの『退化論』(Degeneration)です。一八七〇年に起きた普仏戦争でプロイセンがフランスに勝利し、ドイツが統一されて以降、一九世紀のイギリスやフランスの産業革命がもたらした爛熟《らんじゅく》した近代文明は人間の進化を逆行させてきた、と批判したのが、ノルダウの『退化論』で、漱石がロンドンに留学した頃、イギリスで話題になっていました。このことをロンドンでの漱石は強く意識していました。すなわち、伝染病である天然痘に罹ってアバタを残して生き延びている人間というのは、近代医学という文明の力で生き延びているだけであって、本来であれば、弱肉強食の進化の過程で自然淘汰されてもしかるべき人間なのだ、というノルダウ的な眼差しが漱石のアバタに向けられていたわけです。ですから、苦沙弥先生がわざわざ、西洋に行った友人に「君西洋人にはあばたがあるかな」と聞いたのは、意味深長な設定です。日本の近代化の一環として、医療は漢方から西洋医学（オランダ医学）に変わりますが、夏目漱石が、その象徴的な出来事として、天然痘を予防する予防接種としての種痘に失敗した苦沙弥先生を仲立ちとして、それを意識的に書いているということには、深い意味があるわけです。

先ほど紹介した九章の冒頭部の直後のところに、こんな叙述が現れます。

> 主人の小供のときに牛込《うしごめ》の山伏町《やまぶしちょう》に浅田宗伯《あさだそうはく》と云う漢法の名医があったが、この老人が病家を見舞うときには必ずかごに乗ってそろりそろりと参られたそうだ。ところが松柏老が亡《な》くなられてその養子の代になったら、かごが忽《たちま》ち人力車《じんりきしゃ》に変じた。だから養子が死んでその又養子が跡を続《つ》いだら葛根湯《かっこんとう》がアンチビリンに化けるかも知れない。かごに乗って東京市中を練りあるくのは宗伯老の当時ですら余り見っともいいものではなかった。こんな真似《まね》をして澄していたものは旧弊な亡者《もうじゃ》と、汽車へ積み込まれる豚と、宗伯老とのみであった。
> 主人のあばたもその振わざる事においては宗伯老のかごと一般で、はたから見ると気の毒

な位だが、漢法医にも劣らざる頑固な主人は依然として孤城落日のあばたを天下に曝露《ばくろ》しつつ毎日登校してリードルを教えている。

「リードル」というのは英語のリーダーのことです。苦沙弥先生は毎日、アバタを天下にさらしながら、中学校に英語を教えに行っています。これは、実際に第一高等学校と東京帝国大学で教えていた夏目金之助自身の姿と重なります。「孤城落日」とは、敗北した江戸幕府のことです。夏目家は、漱石の思い出のなかでは、物置には捕り物につかった刺股《さすまた》などが置いてあったというように、江戸幕藩体制の権力の末端を担った名主のような役割を果たしていた家柄でした。そういう明治維新の負け組の出である夏目漱石がモデルとなった苦沙弥先生の飼い猫が、浅田宗伯という漢方医を思い起こしているという設定は大事です。みなさんは、日本でよく流通しているのど飴に浅田飴があることはご存じだろうと思います。ある時期、浅田飴はよく効くということで、中国の人たちが買い占めて、薬局からなくなるという事態さえ起きたこともあります。その浅田飴は、漢方の生薬《しょうやく》を集めて作ったのど飴で、その成分を調合した人が、江戸幕府のお城に最後まで出入りを許されていた浅田宗伯という漢方医なのです。政略結婚の道具にされた皇女和宮《かずのみや》とか、幕末の混乱を差配しようとした第一三代将軍徳川家定夫人の天璋院《てんしょういん》といった人たちの病の治療をしたのも、この浅田宗伯です。

漢方医学から西洋医学に転換することは、日本が鎖国を開いて欧米列強に伍して近代国家になっていくという、幕末から明治への日本の国家的な歩みと軌を一にしているのです。現在の読者には、これだけ長く説明しなければ浅田宗伯のことはわからないのですが、『吾輩は猫である』を『ホトトギス』誌上で読んだ同時代の人には、すぐにわかる設定になっていたのです。

鏡に映った自分のアバタを眺める苦沙弥先生の心の中

苦沙弥先生は、鏡を見ながらアバタを気にしているわけですが、ここから苦沙弥先生と鏡についての「吾輩」つまり猫の話に入っていきます。重要なのは、苦沙弥先生は右頬だけにアバタがあるのではなくて、頭のてっぺんにもあることを猫が曝露《ばくろ》するのです。こんなふうに猫は読者に語りかけます。先ほどの引用から数頁後です。

彼のあばたは単に彼の顔を侵蝕《しんしょく》せるのみならず、とくの昔しに脳天まで食い込んでいるのだそうだ。だからもし普通の人のように五分刈りや三分刈りにすると、短かい毛の根本《ねもと》から何十となくあばたがあらわれてくる。いくら撫《な》でても、さすってもぽつぽつがとれない。枯野に蛍を放った様なもので風流かも知れないが、細君の御意《ぎょい》に入らんのは勿論《もちろん》の事である。髪さえ長くして置けば露見しないで済むところを、好んで自己の非を曝《あば》くにも当たらぬ訳だ。

なろう事なら顔まで毛を生《は》やして、こっちのあばたも内済にしたい位なところだから、ただで生える毛を銭を出して刈り込ませて、私は頭蓋骨《ずがいこつ》の上まで天然痘《てんねんとう》にやられましたよと吹聴《ふいちょう》する必要はあるまい。――これが主人の髪を長くする理由で、髪を長くするのが、彼の髪をわける原因で、その原因が鏡を見る訳で、その鏡が風呂場にある所以《ゆえん》で、しこうしてその鏡が一つしかないと云う事実である。

風呂場においてあるはずの鏡が書斎に置いてあって、苦沙弥先生は鏡に映った自分のアバタを見ながら、頭にもできているアバタのことを気にしています。常に自分の姿を鏡に映しながら見ている自意識過剰の知識人だという、後の漱石文学の主人公たちに共通する設定になっているわけです。猫は人間の見る鏡について、数頁後でこうも言っています。

> 鏡は己惚《うぬぼれ》の醸造器である如く、同時に自慢の消毒器である。もし浮華虚栄の念を以てこれに対する時はこれほど愚物を煽動《せんどう》する道具はない。昔から増上慢《ぞうじょうまん》を以て己《おのれ》を害し他を戕《そこの》うた事蹟の三分の二は慥《たし》かに鏡の所作である。仏国革命の当時物好きな御医者さんが改良首きり器械を発明して飛んだ罪をつくったように、始めて鏡をこしらえた人も定めし寝覚《ねざめ》のわるい事だろう。

魔法使いの女性が出てくるディズニーのアニメーションにはよく鏡が出てきますが、人の姿を映す鏡というものが、ある種複雑な人間の精神をゆがめる作用をするものとして、様々な物語に描かれています。ここで重要なことは、苦沙弥先生が鏡を見つめながら自分のアバタを気にしているという設定を表すにあたって、「仏国革命の当時物好きな御医者さんが改良首きり器械を発明して飛んだ罪をつくった」という書き方をしていることです。

フランス革命のときには、かつての特権階級であるところの王侯貴族を処刑しなければなりませんが、王侯貴族の命令を受けて、それに逆らう人たちを処刑してきた首切り執行人は、革命で敗れた王侯貴族を処刑するということには大きな抵抗がありました。そこで、ギヨタンという医師が、有名なギロチンという処刑方法を発明します。板の間から首を出していれば、ニュートンが発見した万有引力の法則に従って、重力に引き寄せられ、それ自身の重さで下に落ちてきた刃物によって首が落ちるだけのことだ、という装置です。苦沙弥先生が鏡にこだわるさまざまな設定は、そのギロチンと重ねられているわけです。フランス革命で王侯貴族をギロチンによって処刑して、共和制の近代国民国家がつくられましたが、それが帝国主義国家となって植民地をアフリカからアジアに広げていくことになっていきました。ですからここは、世界がどのように欧米列強によって植民地化されていったのかという歴史とも深く関わっていく認識であるわけです。

この後、日露戦争が終わった状況の下でさまざまな新しい事業が起こりますが、「募金をお願いします」という手紙が苦沙弥先生のところに届くという場面が出てきます。その友人の手紙のなかに、「あいつはどうも最近気が触れたようなのだ」という男の話が混じっているのは、なかなか読み捨てることのできない設定です。「うちの主人は前世紀の遺物のような痘痕を気にしながら鏡とにらめっこしているのだ」、これは明らかに自意識の向かうところがどこなのかという設定でもあるわけです。そういう意味でいうと、猫が苦沙弥先生の自意識を代表するような存在に変貌《へんぼう》しているわけです。この小説は、猫の側から人間社会を風刺するということで始まり、名前を付けてくれない苦沙弥先生をさまざまなかたちで「吾輩」が茶化しながら、あるときには批評的になっていきます。その猫が、苦沙弥先生の自意識にこのように関わってくる存在に大きく転換するのが、自分のアバタの姿を鏡に映してにらみ続けている苦沙弥先生が出てくる第九章なのです。第九章の末尾は改めて、冒頭に戻るような終わり方をしています。

吾輩は猫である。猫の癖にどうして主人の心中をかく精密に記述し得るかと疑うものがあるかも知れんが、この位の事は猫にとって何でもない。吾輩はこれで読心術を会得している。いつ心得たなんて、そんな余計な事は聞かんでもいい。ともかくも心得ている。人間の膝の上へ乗って眠っているうちに、吾輩は吾輩の柔らかな毛衣《けごろも》をそっと人間の腹にこすり付ける。すると一道の電気が起って彼の腹の中の行きさつが手にとる様に吾輩の心眼に映ずる。先達てなどは主人がやさしく吾輩の頭を撫で廻しながら、突然この猫の皮を剥《は》いでちゃんちゃんにしたらさぞあたたかでよかろうと飛んでもない了見をむらむらと起したのを即座に気取《けど》って覚えずひやっとした事さえある。怖い事だ。当夜主人の頭のなかに起った以上の思想もそんな訳合《わけあい》で幸にも諸君に御報道する事が出来るように相成ったのは吾輩の大に栄誉とするところである。但《ただ》し主人は「何が何だか分らなくなった」まで考えてそのあとはぐうぐう寐てしまったのである。あすになれば何をどこまで考えたかまるで忘れてしまうに違ない。向後《こうご》もし主人が気狂に就て考える事があるとすれば、もう一返出直して頭から考え始めなければならぬ。そうすると果してこんな径路を取って、こんな風に「何が何だか分らなくなる」かどうだか保証出来ない。然し何返考え直しても、何条の径路をとって進もうとも、遂に「何が何だか分らなくなる」だけは慥《たし》かである。

苦沙弥先生が狂気に陥っていくことを予測させる猫のフレーズが、『吾輩は猫である』という連載小説の書き始めの冒頭表現に戻るかたちで、設定されているのです。明らかに、文明風刺小説から、漱石自身の心理的な問題にも分け入っていくような語りになっています。夏目漱石をモデルにした苦沙弥先生のお腹のところにすり寄りながら、そこで静電気を起こして心にあることを読み取っていく読心術を猫は体得している、というかなり怖い展開になっているわけです。『吾輩は猫である』を、通常私たちはユーモア小説と呼んでいるわけですが、おそらくみなさんは、ここの最後の場面の仕掛けにお気づきになられたと思います。そのとき苦沙弥先生が、「突然この猫の皮を剥《は》いでちゃんちゃんにしたらさぞあたたかでよかろうと飛んでもない了見をむらむらと起したのを即座に気取《けど》って覚えずひやっとした事さえある」のです。

「ちゃんちゃん」は毛皮のベストのようなものですが、日本ではそれを「ちゃんちゃんこ」といっているわけです。それは日清戦争の前から清国の人々に対する差別語として日本社会全体に行き渡り、それが憎しみをかき立て、日清戦争に突入していきます。そして、その清国から莫大な戦争賠償金を取ることによって、日本は欧米列強と同じように戦争をする主権国家にむりやり変貌をとげ、『吾輩は猫である』が書かれている時期には、日露戦争を遂行しているわけです。したがって、この猫が苦沙弥先生の腹のなかから嗅ぎ取った恐怖というのは、大日本帝国が日露戦争後いったいどこに踏み込んでいくのか、という恐怖と重なるわけです。

苦沙弥先生のアバタは、感染症としての天然痘に罹ったことの痕跡です。そして、日清戦争から日露戦争へという戦争の時代に突入したがゆえに、感染症が日本全国に広がっていきました。鏡に映った自分のアバタを眺める苦沙弥先生の心の中を、傍から読み取っていく『吾輩は猫である』の吾輩の位置というのは、夏目漱石自身が、感染症の時代を、自分の代表的な小説の重要な時代的な枠組みにしていることの前提になっているのではないか、と私は考えています。

第II章 『三四郎』

ここでは、夏目漱石が新聞小説作家として人気を博すことになった『三四郎』における感染症の問題についてお話をします。九州から東京に出て来たばかりの、熊本第五高等学校（夏目金之助が教師をしていた学校）出身の小川三四郎の同郷で、東京帝国大学理科大学講師野々宮宗八の妹が入院しているのが「青山病院」です。大日本帝国の感染症研究とその成果が軍に結びついていく枠組が、正確に同時代読者に伝えられていくように設定されています。

鉄道史に見る『三四郎』の歴史的背景

『三四郎』の「朝日新聞」への連載期間は、一九〇八年九月一日から一二月二九日の四カ月にわたっています。熊本第五高等学校を卒業した小川三四郎が、帝国大学に進学するために東京に上京してきて、新学期を迎え、やがてさまざまな体験を積んで、年末にインフルエンザに罹り、帰省して年が明けるまでの物語です。物語の時間の流れと、連載小説の読者が新聞を読んでいる季節の移り変わりがほぼ一致しているという、大変凝った設定になっています。団子坂の菊人形見物に作中人物たちが出かけるという章がありますが、この章が始まる頃に次の日曜日から団子坂の菊人形展が始まるという広告が新聞に出て、無事に終わったあたりで、この章が終わるという、新聞連載の同時代的な雰囲気を読者に伝えようという工夫がなされています。

『三四郎』という小説の冒頭は、つぎのように始まります。

うとうととして眼《め》が覚《さ》めると女は何時《いつ》の間《ま》にか、隣の爺《じい》さんと話を始めている。この爺さんは慥《たし》かに前の前の駅から乗った田舎者《いなかもの》である。発車間際《まぎわ》に頓狂《とんきょう》な声を出して、馳《か》け込んで来て、いきなり肌を抜いだと思ったら脊中《せなか》に御灸《おきゅう》の痕《あと》が一杯あったので、三四郎《さんしろう》の記憶に残っている。爺さんが汗を拭《ふ》いて、肌を入れて、女の隣りに腰を懸けたまでよく注意して見ていた位である。

女とは京都からの相乗《あいのり》である。乗った時から三四郎の眼に着いた。第一色が黒い。三四郎は九州から山陽線に移って、段々京大阪へ近付いてくるうちに、女の色が次第に白くなるので何時の間にか故郷を遠退《とおの》く様な憐《あわ》れを感じていた。それでこの女が車室に這入《はい》って来た時は、何となく異性の味方を得た心持がした。この女の色は実際九州色《いろ》であった。

三輪田《みわた》の御光《おみつ》さんと同じ色である。国を立つ間際までは、お光さんは、うるさい女であった。傍《そば》を離れるのが大いにありがたかった。けれども、こうして見ると、お光さんの様なのも決して悪くはない。

唯顔立《ただかおだち》から云《い》うと、この女の方がよほど上等である。口に締まりがある。眼が判明《はっきり》している。額《ひたい》がお光さんの様にだだっ広くない。何となく好《い》い心持に出来上がっている。それで三四郎は五分に一度位は眼を上げて女の方を見ていた。

お気づきのように、眠りと無意識から覚醒への過程が冒頭から出てきています。三四郎がうとうとと居眠りをしていて、はっと眼が覚めて、眠りに入る前の女と爺さんのことを思い起こしてみるという、間に眠りという無意識の領域を挟んで、記憶によって居眠りをする前と目覚めた後をつないでいるわけです。この無意識と意識の境界領域を、小説の叙述において使い分けるというのが、『三四郎』以降の夏目漱石の小説の重要な特徴になっており、漱石自身がさまざまな形で精神分析や精神医学に関心をもって、それを自らの文学的な主題にもしていたことの現れです。

三四郎は、九州から山陽線に移り、東海道線に乗り換えて京大阪に近づいていきますが、その車中で最初の出来事に遭遇《そうぐう》します。一九〇八年九月一日に、この部分を東京・大阪両朝日新聞で読んだ読者にとっては、「九州から山陽線に乗って」というのは、衝撃的なワンフレーズだったわけです。多くの読者は、「あ、ついに山陽鉄道は山陽線になったか」と、ここは読んだはずです。「山陽線」という名称は、日本の鉄道が国有化されたことの現れなのです。一九八〇年代の中曽根康弘首相の時に国有鉄道が民営化されてしまいましたが、日露戦争までは民営だった鉄道が一九〇六年に国有化され、山陽鉄道株式会社所有の山陽鉄道が国有鉄道の一部の山陽線になった、それに乗り換えて来たという叙述になっているわけです。漱石が、新聞連載小説で、どのような同時代的な感触をかき立てながら読者と関わろうとしていたのかがわかる書き方になっています。

なぜ一九〇六年に鉄道が国有化されたのかということですが、この年は、一九〇四年から〇五年にかけての日露戦争が終わった翌年です。鉄道国有化をめぐって世論は大きく二つに割れ、国会での審議中に外務大臣が辞任をせざるを得なくなるところまで政府は追い詰められました。なぜ日露戦争が終わった段階で、鉄道を国有化しなければならなかったのかというと、それは軍事的な情報が漏れてしまうからです。

「汽笛一声新橋を」という歌があるように、日本は、鉄道後進国でした。すでに、ヨーロッパやアメリカでは蒸気機関車を走らせ、大陸を横断するような長い鉄道が敷かれていました。欧米列強が日本に開国を迫って安政五カ国条約を結び、その不平等条約を改正するために明治維新を遂行し、そのうえで日本は鉄道を敷設することになりました。当然、鉄道を建設する技術も経営ノウハウもすべて欧米列強から入ってきたのです。

これはマルクスが『資本論』で述べていることですが、鉄道会社は資本主義世界のなかでもっとも早く、そして一気に広がった株式会社制度の始まりだと分析しています。鉄道事業というのは、切通しを作り、砂利を敷いて枕木を並べ、鉄道を敷設しなければなりませんが、いったん鉄路が敷設されれば、その上を機関車に引っ張られて貨車や客車が往復することになります。ですから、鉄道事業は初期段階に莫大な資本を集める必要がありますが、営業が始まれば資本を出してもらった人々に儲けを配当として配りますから、結果的には、出資したお金の数百倍ないしは数千倍の儲けが入ってくるようになります。株主たちは、株価が上がればそれを売って大きな儲けを得ることもできます。そういう株式会社制度の一番の基本形が鉄道会社でした。ということは、大手株主は自分が出資している会社の経営状況を知る権利がありますから、株式会社は、株主がそれを求めれば公開しなければなりません。日本は遅れて始まった鉄道路線ですから、外国の鉄道会社とそれをバックアップしている外国の銀行が最大手の株主なわけです。

ですから、日露戦争の最終盤を考えていただくとわかりますが、ロシアが大連まで出てくるのにはシベリア鉄道を使います。それをバックアップしているのはフランスの鉄道会社・銀行であり、日本の鉄道の大手株主でもあるフランスの鉄道会社・銀行はその情報を入手できたはずです。たとえば、東北から広島にかけての鉄道会社の事業を公開させれば、旅順でのロシア軍との決戦を前にして、緊急動員体制で全国各地、とりわけ寒冷地で訓練された北海道、東北からどれだけの兵士が戦地に運ばれ、日本側はいつ決戦を狙っているのかという作戦が明らかになってしまいます。こうした情報をフランスの鉄道会社が知れば、それはロシア側にも伝わりますから、鉄道の情報が外国に筒抜けになっていることは大きな軍事的な障害になることを、日露戦争でいやというほど軍部は知らされたわけです。ですから、日露戦争で、日本海海戦だけでぎりぎり日本が勝ったというふうに見せるポーツマス講和条約が一九〇五年に結ばれた背後には、戦地に兵士を送り込む情報が敵側に明らかになってしまっているという判断も働いていたわけです。

一九〇六年に、なぜ外務大臣が辞任せざるを得なかったかというと、日本の鉄道の大手株主は外国の鉄道会社や銀行であり、日清戦争の莫大な戦争賠償金によって日本全国に鉄道網が一気に広がり、これからお金が儲かるというときに株を手放さざるを得ないのですから、外国の株主から大きな反発があったのです。同時に、国庫にそれなりの資金がないと国有化はできません。山陽鉄道株式会社というのは、九州や四国から本州に渡ってきた人たちを大阪、神戸に運ぶわけです。藩閥政権の一角である長州のお膝元の南側にある四国とは船で結ぶことになり、船舶のノウハウと汽車のノウハウを相互に乗り入れて経営されていました。船の中では泊まるために寝台室があり食堂も付いていますから、そのノウハウをいち早く列車に導入して、寝台車両による夜行列車を走らせ、食堂車もいち早く取り入れていましたから、山陰鉄道株式会社は日本の鉄道事業でもっとも利便性が高く財産の多い鉄道会社となりました。それで、他の鉄道会社の国への売却は済んでいましたが、山陽鉄道の売却はなかなか進まず、ようやく『三四郎』の連載が始まる頃に目処《めど》が立ったのです。三四郎が山陽線に乗っていたという、冒頭のわずかな引用についての説明が長くなりましたが、日清戦争から日露戦争にかけて、日本の国家のシステムと戦争との関係で、鉄道の在り方がどのように大きく変貌したのかを、説明する必要があったからです。

「汽車の女」の「あなたはよっぽど度胸のない方ですね」の一言

三四郎は乗り合わせた女について、九州の女は黒くて、京都あたりから色が白くなっていくと、肌の色で人を判断していますから、三四郎が「人種差別主義者」だということもここでわかります。三四郎が居眠りをしている間に、同席した四人掛けの席に座っていたお爺さんとこの女は仲良くなって、話し込んでいます。ここで、『三四郎』という小説がどういう時代の話なのかが、読者に開示されることになります。これも連載一回目の冒頭での記述です。

小供の玩具《おもちゃ》はやっぱり広島より京都の方が安くって善《い》いものがある。京都でちょっと用があって下りたついでに、蛸薬師《たこやくし》の傍で玩具を買って来た。久しぶりで国へ帰って小供に逢《あ》うのは嬉《うれ》しい。然《しか》し夫の仕送りが途切れて、仕方なしに親の里へ帰るのだから心配だ。夫は呉《くれ》にいて長らく海軍の職工をしていたが戦争中は旅順《りょじゅん》の方に行っていた。戦争が済んでから一《いっ》旦《たん》帰って来た。間もなくあっちの方が金が儲《もう》かるといって、また大連《だいれん》へ出稼《でかせぎ》に行った。始めのうちは音信《たより》もあり、月々のものも几帳面《ちゃんちゃん》と送って来たから好《よ》かったが、この半歳ばかり前から手紙も金もまるで来なくなってしまった。不実な性質《たち》ではないから、大丈夫だけれども、何時までも遊んで食《たべ》ている訳には行かないので、安否のわかるまでは仕方がないから、里へ帰って待《まっ》ているつもりだ。

爺さんは蛸薬師も知らず、玩具にも興味がないと見えて、始めのうちはただはいはいと返事だけしていたが、旅順以降急に同情を催《もよお》して、それは大いに気の毒だといい出した。自分の子も戦争中兵隊にとられて、とうとうあっちで死んでしまった。一体戦争は何のためにするものだか解らない。後で景気でも好くなればだが、大事な子は殺される、物価《しょしき》は高くなる。こんな馬鹿気《ばかげ》たものはない。世の好《い》い時分に出稼ぎなどというものはなかった。みんな戦争の御蔭《おかげ》だ。何しろ信心が大切だ。生きて働いているに違ない。もう少し待っていればきっと帰って来る。——爺さんはこんな事をいって、頻《しき》りに女を慰めていた。やがて汽車が留ったら、では御大事にと、女に挨拶《あいさつ》をして元気よく出て行った。

ここでは、日露戦争の戦後文学として『三四郎』があるということが、くっきりとわかります。ここには、戦争で戦死した男、その男の父親、戦争に行っていない二人の男、合わせて四人の男と一人の女が出てきます。三四郎という名前は、一郎、次郎と兄がいて、「三人目の男の子だからこれでいいかな」くらいの安易な感じで付けられているはずです。この小説では兄の話は出てきませんが、早くに二人共亡くなってしまったのかもしれません。三四郎は地元で期待を持たれて熊本第五高等学校を卒業し、東京帝国大学に進学するために上京する、そういう列車の中にいるわけです。三四郎は高学歴であるがゆえに徴兵を免れました。女の夫は戦場である大連まで行っていますが、兵士としてではありませんでした。女の家の後継として送籍をして徴兵は免れたのでしょう。跡取りのいない女の家の婿《むこ》養子となり、その家の家督を相続し、兵士ではなく職工として大連に出稼ぎに行くことが出来たわけです。しかし、汽車に乗り合わせたお爺さんの息子は徴兵され、旅順の決戦で命を落としてしまったので、老いた父親が職を求めて別の町まで出稼ぎに出るために汽車に乗っているのです。

三四郎はこの女と一緒に名古屋で下ります。名古屋から半島を南下する列車と、東京に向かう列車とに分かれ、当時はすでに夜汽車は走っていましたが、翌朝の汽車に乗り換えるために、名古屋で一泊するわけです。そのとき女も同じ宿屋の同じ部屋に泊まることになりますが、三四郎はほとんどこの女と言葉を交わしていません。彼の社会性の無さを表している設定です。宿帳を付けることになり、二人で宿に入ってそのまま同じ部屋に入っていますから当然、夫婦者として見られてしまうようなことを宿帳に書き込んでしまいます。

三四郎は宿帳を取り上げて、福岡県京都郡《みやこ》真崎村《まさきむら》小川三四郎二十三年学生と正直に書いたが、女の所へ行って全く困ってしまった。湯から出るまで待っていれば好かったと思ったが、仕方がない。下女がちゃんと控えている。已を得ず同県同郡同村同姓花二十三年と出鱈目《でたらめ》を書いて渡した。そうして頻りに団扇《うちわ》を使っていた。

同い年と書いてしまえば、うり二つであれば双子の兄妹と見られるかもしれませんが、通常の状況では夫婦者と認知されるわけですから、二人用の布団が敷かれて、シーツも一枚で敷かれてしまいます。それで三四郎は、夏なのに裸に浴衣を羽織るのではなく、わざわざシャツを着て、シーツを丸めて間に境界線を作って一夜を過ごすわけです。

「失礼ですが、私《わたし》は疳性《かんしょう》で他人《ひと》の布団に寝るのが嫌《いや》だから……少し蚤除《のみよけ》の工夫を遣《や》るから御免なさい」

三四郎はこんな事をいって、あらかじめ、敷いてある敷布《シート》の余っている端《はじ》を女の寐ている方へ向けてぐるぐる捲《ま》き出した。そうして蒲団の真中に白い長い仕切《しきり》を拵《こしら》えた。女は向こうへ寝返りを打った。三四郎は西洋手拭《タウエル》を広げて、これを自分の領分に二枚続きに長く敷いて、その上に細長く寝た。その晩三四郎の手も足もこの幅の狭い西洋手拭《タウエル》の外には一寸《すん》も出なかった。女とは一言《ひとこと》も口を利かなかった。女も壁を向いたまま凝《じっ》として動かなかった。

というわけで、直臥不動の姿勢で一夜を過ごし、この女性とは駅で分かれます。その別れ際に、

「色々御厄介《ごやっかい》になりまして、……では御機嫌よう」と丁寧に御辞儀をした。三四郎は革鞄と傘を片手に持ったまま、空《あい》た手で例の古帽子を取って、只一言《ひとこと》、

「さよなら」と云った。女はその顔を凝《じっ》と眺めていた。が、やがて落付いた調子で、

「あなたはよっぽど度胸のない方《かた》ですね」といって、にやりと笑った。三四郎はプラット、フォームの上へ弾《はじ》き出されたような心持がした。

結局、汽車で同席した女性の名前は聞かずじまいで、三四郎の記憶のなかには、このあと「汽車の女」として刻まれます。「あなたはよっぽど度胸のない方《かた》ですね」と言われたこの経験は、三四郎の決定的な心の傷になって、三四郎が窮地に追い込まれると突然、今の心理的な用語でいう「トラウマ」として、「汽車の女」がフラッシュバックしてくるのです。

東京帝国大学構内での「池の女」との遭遇

翌朝汽車に乗っても、三四郎は何もすることがないので、ベーコンの論文集を出して「二十三」ページを開いています。この設定も、宿帳に「福岡県京都郡真崎村小川三四郎二十三年学生」と書き、「同県同郡同村同姓花二十三年」と、「二十三」という同じ年齢を書いたがゆえに、この「二十三」という数字がまさにトラウマ化して、中身は何も読んでいないのに頁の数だけが三四郎を脅かすのです。

さて、その列車で同乗する男が、のちに第一高等学校の先生で、同郷の野々宮宗八とも知り合いの広田先生であるということがわかります。田舎から東京に出てくる際には、同郷の知り合いの縁故を頼るように言われていました。それで九州から出てきた三四郎は、母から野々村宗八さんを尋ねなさいよと言われて、まだ授業の始まっていない大学へ訪ねることになるわけです。

『三四郎』の第二章です。

三四郎が動く東京の真中に閉じ込められて、一人で鬱《ふさ》ぎ込んでいるうちに、国元の母から手紙が来た。東京で受取った最初のものである。見ると色々書いてある。まず今年は豊作で目出度《めでた》いと云う所から始まって、身体《からだ》を大事にしなくっては不可《いけ》ないと云う注意があって、東京のものはみんな利口で人が悪いから用心しろと書いて、学資は毎月《まいげつ》月末に届くようにするから安心しろとあって、勝田《かつた》の政《まさ》さんの従弟《いとこ》に当る人が大学校を卒業して、理科大学とかに出ているそうだから、尋ねて行って、万事宜《よろ》しく頼むがいいで結んである。肝心の名前を忘れたと見えて、欄外と云う様な処《ところ》に野々宮宗八《ののみやそうはち》どのとかいてあった。この欄外にはその外《ほか》二、三件ある。作《さく》の青馬《あお》が急病で死んだんで、作は大弱りでいる。三輪田《みわた》のお光《みつ》さんが鮎《あゆ》をくれたけれども東京へ送ると途中で腐ってしまうから、家内《うち》で食べてしまった。等《とう》である。

三四郎は手紙がついた明くる日訪ねていくことになります。まだ夏休み中で、新学期は九月一一日から始まるということが後でわかりますから、八月の末から九月の始めということになります。その夕暮れ時の東大近辺の太陽の具合を、想像しながらお読みください。

あくる日は平生《へいぜい》よりも暑い日であった。休暇中だから理科大学を尋ねても野々宮君はおるまいと思ったが、母が宿所を知らせて来ないから、聞き合せかたがた行って見ようと云う気になって、午後四時頃、高等学校の横を通って弥生町《やよいちょう》の門から這入《はい》った。往来は埃《ほこり》が二寸も積もっていて、その上に下駄の歯や、靴の底や、草鞋《わらじ》の裏が綺麗に出来上ってる。車の輪と自転車の痕《あと》は幾筋《いくすじ》だか分らない。むっとする程堪《たま》らない路《みち》だったが、構内へ這入るとさすがに樹の多いだけに気分が晴々《せいせい》した。取付《とっつき》の戸をあたってみたら錠が下《お》りている。裏へ廻《まわ》っても駄目であった。しまいに横へ出た。念のためと思って推《おし》てみたら、旨《うま》い具合に開《あ》いた。廊下の四つ角に小使《こづかい》が一人居眠りをしていた。来意を通じると、しばらくの間は、正気を回復する為に、上野の森を眺めていたが、突然「御出《おいで》かも知れません」と云って奥へ這入って行った。頗《すこぶ》る閑静である。やがて又出て来た。

三四郎はここで初めて東京帝国大学の構内に入ります。第一高等学校と帝国大学は本郷通り沿いに並んで建っています。本郷通りは南北に走っている通りで、夏の終わりの午後四時頃ということは、夕日が西に傾きかけています。本郷通は高台にあり、弥生門から東側に下がっていくようになっていて、下りきると上野の森につながります。「上野の森を眺めていたが」ということは、西側は西日でまぶしいですから、昼寝をしていた小使さんがまぶしくない反対側の東側を向いているという設定です。ここは見事に東西南北と右左が使い分けられて書かれていて面白いのですが、今日のテーマとは直接結びつかないので、読み直したときにあらためて注目していただきたいと思います。

研究室で野々宮さんは、光線の圧力の研究をやっています。『三四郎』という小説が、最先端の物理学も意識しているということです。漱石が熊本第五高等学校で教えた弟子の寺田寅彦が帝国大学に進学し、物理学研究者として、野々宮宗八のモデルとして同じような研究をしていました。夏目漱石は二〇世紀が始まったときにロンドンに留学していましたが、英国王立科学研究所の所長が、二〇世紀の物理学の最大の課題として、二つ問題提起をします。一つは、さまざまな物質は複数の原子が結びあった分子によって構成されているところまでわかったが、切り離した原子の実在が証明されていないので、それを証明すること。もう一つは、ニュートンの時代から光は波であることはわかっていたが、物質がないと波は伝わらない。では、宇宙は真空なのに、波である光がなぜ伝わってくるのか、光だけを伝える物質ではない何か特別なものとして想定されていた「エーテル」の実在を証明すること、を提起しました。漱石はそのことを寺田寅彦にロンドンからの手紙で知らせています、この二つが大事な課題だと言われていました。

野々宮さんの研究室では、雲母の薄い板を通して入ってくる光の強さによって目盛りが動く、という装置が使われていました。後にアインシュタインは、光は波の性質をもっていると同時に、真空の宇宙を飛んでくる粒子の性質をあわせ持っているとし、光は波でもあり粒子でもあることを示しました。つまり、粒子がぶつかるから雲母の破片が動くわけであり、野々宮さんはアインシュタインの論理に届く直前の研究を行っていたことになります。

三四郎は、大学というのは大変なところなのだなという思いにかられながら、その野々宮さんの研究室を出ます。野々宮さんのいるレンガ造りの理科大学は本郷通りの高台にあり、そこから東へ崖のようになっている斜面を下りきると池があります。帝国大学の敷地は、「加賀百万石」といわれた前田邸があったところですから庭も立派で、その池は「心」という字の形をして、

「心字池《しんじいけ》」と呼ばれていましたが、今日では、漱石の小説をもとに「三四郎池」と呼ばれていますが、その池のほうに三四郎は下りていくわけです。

三四郎が凝《じっ》として池の面《おもて》を見詰めていると、大きな木が、幾本となく水の底に映って、そのまた底に青い空が見える。三四郎はこの時電車よりも、東京よりも、日本よりも、遠くかつ遙《はるか》な心持がした。しかししばらくすると、その心持のうちに薄雲の様な淋《さび》しさが一面に広がって来た。そして、野々宮君の穴倉に這入って、たった一人で坐《すわ》っているかと思われる程な寂寞《せきばく》を覚えた。熊本の高等学校に居る時分もこれより静かな龍田山《たつたやま》に上ったり、月見草ばかり生えている運動場《うんどうば》に寝たりして、全く世の中を忘れた気になった事は幾度となくある、けれどもこの孤独の感じは今始めて起った。

活動の劇《はげ》しい東京を見たためだろうか。あるいは——三四郎はこの時赤くなった。汽車で乗り合わせた女の事を思い出したからである。——現実世界はどうも自分に必要らしい。けれども現実世界は危なくて近寄れない気がする。三四郎は早く下宿に帰って母に手紙を書いてやろうと思った。

不図眼を上げると、左手の岡の上に女が二人立っている。女のすぐ下が池で、池の向う側が高い崖《がけ》の木立《こだち》で、その後が派手な赤煉瓦《あかれんが》のゴシック風の建築である。そうして落ちかかった日が、凡ての向こうから横に光を透《とお》してくる。女はこの夕日に向いて立っていた。三四郎のしゃがんでいる低い陰から見ると岡の上は大変明るい。女の一人はまぼしいと見えて、団扇《うちわ》を額《ひたい》の所に翳《かざ》している。顔はよく分らない。けれども着物の色、帯の色は鮮やかに分った。白い足袋《たび》の色も眼についた。鼻緒《はなお》の色はとにかく草履《ぞうり》を穿《は》いている事も分った。もう一人は真白である。これは団扇も何も持っていない。ただ額に少し皺《しわ》を寄せて、対岸《むこうぎし》から生《お》い被《かぶ》さりそうに、高く池の面《おもて》に枝を伸《の》ばした古木《こぼく》の奥を眺めていた。団扇を持った女は少し前へ出ている。白い方は一歩《ひとあし》土堤《どて》の縁《ふち》から退《さ》がっている。三四郎が見ると、二人の姿が筋違《すじかい》に見える。

この時三四郎の受けた感じは只綺麗な色彩だという事であった。けれども田舎者だから、この色彩がどういう風に綺麗なのか、口にも云えず、筆にも書けない。ただ白い方が看護婦だと思ったばかりである。

三四郎は又見惚《みと》れていた。すると白い方が動き出した。用事のある様な動き方ではなかった。自分の足が何時《いつ》の間《ま》にか動いたという風であった。見ると団扇を持った女も何時の間にかまた動いている。二人は申し合わせた様に用のない歩き方をして、坂を下りて来る。三四郎はやっぱり見ていた。

坂の下に石橋がある。渡らなければ真直《まっすぐ》に理科大学の方へ出る。渡れば水際《みずぎわ》を伝ってこっちへ来る。二人は石橋を渡った。

三四郎は、野々宮さんのいる理科大学の西側から崖を下りてきて、池の端まできて水面を見つめながらしゃがんでいます。そこに、明らかに看護師だとわかる白衣を着た女性と、綺麗な着物を着て団扇《うちわ》を持った女性の二人が見えます。目を開けて女たちの姿を見る直前に、三四郎の心の中には、「汽車の女」のイメージがふっとフラッシュバックしてきます。着物の女性は白い花をもって香を嗅《か》いでいますから、うつむいているわけです。そうすると、池のそばでしゃがんでいる三四郎と目が合ったのかどうか、という辺りが微妙な書かれ方をしているわけです。


「これは何でしょう」といって、仰向《あおむ》いた。頭の上には大きな椎《しい》の木が、日の目の洩《も》らないほど厚い葉を茂らして、丸い形に、水際まで張り出していた。

「これは椎」と看護婦がいった。まるで子供に物を教える様であった。

「そう。実は生《な》っていないの」といいながら、仰向いた顔を元へ戻す、その拍子に三四郎を一目見た。三四郎は慥《たしか》に女の黒眼の動く刹那《せつな》を意識した。その時色彩の感じは悉《ことごと》く消えて、何とも云えぬ或物に出逢った。その或物は汽車の女に「あなたはよっぽど度胸のない方《かた》ですね」と云われた時の感じとどこか似通《にかよ》っている。三四郎は恐ろしくなった。

　二人の女は三四郎の前を通り過る。若い方が今まで嗅いでいた白い花を三四郎の前へ落して行った。三四郎は二人の後姿を凝《じっ》と見詰ていた。看護婦は先へ行く。若い方が後から行く。華《はな》やかな色の中に、白い薄《すすき》を染抜《そめぬ》いた帯が見える。頭にも真白な薔薇《ばら》を一つ挿している。その薔薇が椎の木陰《こかげ》の下の、黒い髪の中で際立《きわだっ》て光っていた。

三四郎は茫然《ぼんやり》していた。やがて、小さな声で「矛盾だ」と云った。大学の空気とあの女が矛盾なのだか、あの色彩とあの眼付が矛盾なのだか、あの女を見て、汽車の女を思い出したのが矛盾なのだか、それとも未来に対する自分の方針が二途《ふたみち》に矛盾しているのか、又は非常に嬉《うれ》しいものに対して恐《おそれ》を抱《いだ》く所が矛盾しているのか、――この田舎出の青年には、凡《すべ》て解らなかった。ただ何だか矛盾であった。

これも残念ながら一回の講義ではすべてお話するわけにはいかないのですが、この後、『三四郎』という小説は、池の端で逢ったこの女性と三四郎が視線を合わせるのか合わせないのか、視線の交錯をめぐる濃密な心理ドラマになるわけです。今ご紹介したところも、非常に微妙だったことはおわかりだと思います。「三四郎は慥《たしか》に女の黒眼の動く刹那《せつな》を意識した」とありますから、黒眼が動くのを三四郎は見ているわけです。その黒眼の中の瞳と瞳が合うということが、視線が合うということです。三四郎はそれを回避したのかどうか、そのギリギリの所がこの後『三四郎』という小説の重要な読みどころとなります。ここに関心を持たれた方は、視線の物語としての『三四郎』を、ぜひそこに注意を払いながら読んでいただきたいと思います。

このとき女性は西側から東側に下りてきますが、三四郎は急斜面の下にいますから、そこにはもう西日は差してきません。そのような光線の微妙な状況のなかでこの微妙な視線の交わしあいが行われるわけです。そこに野々宮さんが下りて来て、「まだいたんですか」と三四郎に声をかけます。右の手をポケットに突っ込んでいて、そこから封筒が半分出ており、それはどうも女性の手による文字でした。三四郎は母親からの手紙を唯一の心のよりどころにしているマザコン青年ですので、それが「女手の手紙」だとすぐわかったのです。

大久保轢死事件と野々宮さんの妹の入院先での出来事

光の圧力の実験をしている野々宮さんがそこに下りて来て、東大の煉瓦《レンガ》造りの建物を見ながら、「なかなかいいアングルですね」という芸術家的な話をして、空を見上げます。野々宮さんは、空に浮かんでいる雲は「みんな雪の粉ですよ」と物理学者らしい説明をしたうえで、こう言います。

「この空を写生したら面白いですね。——原口《はらぐち》にでも話してやろうかしら」といった。三四郎は無論原口と云う画工の名前を知らなかった。

この原口という絵描きの描く肖像画に、この時三四郎が出逢った「池の女」が描かれていくことになるのです。

二人はベルツの銅像の前から枳殻寺《からたちでら》の横を電車の通りへ出た。銅像の前で、この銅像はどうですかと聞かれて三四郎は又弱った。表は大変賑《にぎや》かである。電車がしきりなしに通る。

「君電車は煩《うる》さくはないですか」と又聞かれた。三四郎は煩さいより凄《すさま》じい位である。然しただ「ええ」と答えて置いた。

ここで、野々宮さんと三四郎が池の端から東大の外に出るときに、「ベルツの銅像の前から枳《から》殻寺《たちでら》の横を電車の通りへ出た」という一節も感染症との関わりではとても大事です。三四郎は最初、本郷通り沿いの弥生町の門から東大構内に入って来るわけです。同じ本郷通りの端には、前田家のお姫様が結婚したときにお祝いに作られた真っ赤な朱塗りの門があります。それが赤門と呼ばれ、東大の別名にもなっています。その赤門から入っていくと、やや北側に三四郎池と呼ばれている心字池があり、そこを下りきったところに、ベルツの銅像があるわけです。岩波文庫本には大野淳一氏の注が付いていて、「エルヴィン・フォン・ベルツ、ドイツの医学者、明治九年に来日し、三八年に帰国するまで東大で医学を教えたり、宮内省侍医局顧問を務めたりした。ベルツの日記その他で、日本批評も有名である。東大医学部の近くに銅像があった」とあります。

三四郎池の道路を隔てて東側にあるのが、当時は医科大学と呼ばれた東京帝国大学医学部であり、そこに附属病院があったからこそ、白衣の看護婦が池の辺りにいたのです。この東京帝国大学医科大学が潜在的に『三四郎』という小説の中で喚起《かんき》し続けられており、それが「汽車の女」

のトラウマと重なって、池で出あった女、すなわち「池の女」の記憶と結びついていきます。ここは『三四郎』という小説の大事な設定ですので、記憶しておいてください。

ベルツの銅像を経て、枳殻寺の横を通るというのは、森鷗外の『雁《がん》』という短篇小説を読んだ方はおわかりになると思いますが、今も当時のまま残っている帝国大学の鉄製の龍岡門《たつおかもん》を出て、枳殻寺から「無縁坂」と呼ばれる坂道を湯島の方に下りていくと上野に出て、逆方向に行くと本郷三丁目の交差点に出るわけです。逆方向を辿った野々宮さんは、「あすこで一寸買物をしますからね」と言って、交差点を渡って店に入ります。これは「兼安《かねやす》」という小間物店で、現在も「本郷も兼安までは江戸のうち」という看板がかかっています。徳川家康は海辺を埋め立てて江戸城を作りましたが、本郷は「もとむら」の意味で、江戸の一番東端に位置したわけです。そこは重要な防衛線でしたから、徳川家にとって縁の深い前田家の江戸屋敷が置かれていたのです。その兼安に入って、野々宮さんは「蟬《せみ》の羽根の様なリボン」を買います。

数日経って、野々宮さんが引っ越した大久保の新しい借家に三四郎が訪れます。そこに妹からの電報がきて、野々宮さんから、「出かけなければいけない、ちょっと留守番をしてくれないか」と頼まれます。しばらく行ったところです。

「ええ、妹がこの間から病気をして、大学の病院に這入っているんですが、そいつがすぐ来てくれというんです」と一向《いっこう》騒ぐ気色《けしき》もない。三四郎の方はかえって驚いた。野々宮君の妹と、妹の病気と、大学の病院を一所に纏《まと》めて、それに池の周囲《まわり》で逢った女を加えて、それを一どきに掻《か》き廻《まわ》して、驚いている。

「じゃよほど御悪いんですな」

「なにそうじゃないんでしょう。実は母が看病に行ってるんですが、——もし病気の為なら、電車へ乗って駆けて来た方が早い訳ですからね。——なに妹の悪戯《いたずら》でしょう。馬鹿だから、よくこんな真似《まね》をします。此処《ここ》へ越してからまだ一遍も行かないものだから、今日の日曜には来ると思って待ってでもいたんでしょう、それで」と云って首を横に曲げて考えた。

この日は野々宮さんが、中央線沿線にある大久保の借家に引っ越したばかりの日曜日でした。入院している妹から電報で呼び出されてお見舞いに行くことになったので、三四郎は夜になって下女だけでは不用心なので留守番をすることになります。三四郎のなかでは、池の端で看護婦と一緒にいた「池の女」と野々宮さんの妹とは同一なのかと、さまざまな妄想が行き交います。この三四郎が留守番をしている夜、すぐ近くで「轢死《れきし》事件」が起きます。汽車に轢《ひ》かれて死ぬことを「轢死」と言いますが、近所の人たちが騒ぎ出し、提灯《ちょうちん》を持って集まっているのです。

「轢死《れきし》じゃないですか」

三四郎は何か答えようとしたがちょっと声が出なかった。そのうち黒い男は行き過ぎた。これは野々宮君の奥に住んでいる家の主人《あるじ》だろうと、後《あと》を跟《つ》けながら考えた。半町《はんちょう》ほどくると提灯が留《とま》っている。人も留っている。人は灯《ひ》を翳《かざ》したまま黙っている。三四郎は無言で灯の下を見た。下には死骸《しがい》が半分ある。汽車は右の肩から乳の下を腰の上まで美事に引き千切って、斜掛《はすかけ》の胴を置き去りにして行ったのである。顔は無創《むきず》である。若い女だ。

三四郎はその時の心持を未《いま》だに覚えている。すぐ帰ろうとして、踵《かかと》を回《めぐ》らしかけたが、足がすくんで殆《ほと》んど動けなかった。

この物語の叙述形態が全て過去形になっているなかで、「三四郎はその時の心持ちを未《いま》だに覚えている」と、ここだけ一瞬、物語の外の三四郎の現在時が現れます。それだけこの記述は重要な意味を持っているということです。この汽車に轢かれて死ぬ轢死という死体は、どんなに覚悟の自殺でも、蒸気機関車が向こうからくると、レールに身を横たえていても一瞬身をよじったりして車輪に巻き込まれて、ほとんど誰だかわからないミンチ状態になってしまうのが通常なのです。真っ二つで、しかも上半身が無傷だという轢死体は希有《けう》なのです。引き切られるまで動かなかったことの証です。

こうした轢死事件は、私が新聞記事を調べた結果、日露戦争中に一例だけありました。旅順の激戦で夫に戦死された妻が、軍人恩給では食べていけないということで、夫の両親から離縁をさせられます。その妻は、「私はいまお国のために命を投げ出したあなたたちの息子の子どもを胎内に宿しています」と妊娠を主張しますが、夫の両親はそれを認めません。そこでその女性は、妊娠していることを証明するために、子宮のところを列車の車輪が轢きるように、最後まで動かずに自殺したのです。軍事的に熱狂していたマスメディアはその事件を、戦争の犠牲者であったにもかかわらず、「あっぱれ覚悟の轢死」という見出しを付けて報道しました。「女性でもこれだけ立派な死に方をするのだから、戦場の兵士はもっとがんばれ」と、狂気の沙汰とでも言うべき記事でした。このエピソードについて漱石は、おそらく怒ったのではないかと、私は思っています。それで、この轢死体をみて三四郎の頭の中は、いろいろなことが一つになり、トラウマがぐるぐる廻りになってしまうのです。その夜の夢です。

三四郎の夢は頗《すこぶ》る危険であった。——轢死を企《くわだ》てた女は、野々宮に関係のある女で、野々宮はそれと知って家《うち》へ帰って来ない。ただ三四郎を安心させるために電報だけ掛けた。妹無事とあるのは偽《いつわり》で、今夜轢死のあった時刻に妹も死んでしまった。そうしてその妹は即ち三四郎が池の端《はた》で逢った女である。……

三四郎の頭の中で全ての女たちが合体していきます。翌朝野々宮さんが帰ってきて、「昨日、轢死があったんだってね」と三四郎に顛末《てんまつ》を語らせます。身体的経験を言語化すると、経験した出来事の映像が「トラウマ」としてそのままフラッシュバックすることがなくなるので、それは見事なセラピーです。現在の精神的なセラピーも、体験を言語化させることで「トラウマ」を沈静化させますから、野々宮さんは結果として正しい治療法を三四郎に施して、もう秋になっているので妹に着替えの秋物の着物を持って行ってくれと頼みます。三四郎はそれが、嬉しくて仕方がありません。

帰るときに、ついでだから、午前中に届けて貰いたいといって、袷《あわせ》を一枚病院まで頼まれた。三四郎は大《おおい》に嬉しかった。

三四郎は新らしい四角な帽子を被《かぶ》っている。この帽子を被って病院に行けるのがちょっと得意である。冴々《さえざえ》しい顔をして野々宮君の家を出た。

御茶の水で電車を降りて、すぐ俥《くるま》に乗った。いつもの三四郎に似合わぬ所作《しょさ》である。威勢よく赤門を引き込ませた時、法文科の号鐘《ベル》が鳴り出した。いつもなら手帳《ノート》と印気壺《インキつぼ》を持って、八番の教室に這入る時分である。一、二時間の講義位聴き損《そく》なっても構わないと云う気で、真直《まっすぐ》に青山《あおやま》内科の玄関まで乗り付けた。

上《あが》り口《ぐち》を奥へ、二つ目の角を右へ切れて、突き当りを左へ曲がると東側の部屋だと教《おそわ》った通り歩いて行くと、果してあった。黒塗の札に野々宮よし子と仮名でかいて、戸口に懸けてある。三四郎はこの名前を読んだまま、しばらく戸口の所で佇《たたず》んでいた。田舎者だから敲《ノック》するなぞと云う気の利《き》いた事はやらない。「この中にいる人が、野々宮君の妹で、よし子と云う女である」

三四郎はこう思って立っていた。戸を開けて顔を見たくもあるし、見て失望するのが厭《いや》でもある。自分の頭の中に往来する女の顔は、どうも野々宮荘八さんに似ていないのだから困る。

当然、三四郎の頭の中に去来していた顔は、前の夜のまがまがしい夢の中で見た顔であり、そこには池の端で出逢った女性の顔も、「汽車の女」も、同時に点滅していたはずです。それで、よし子の病室に入ってみると、やはり彼女たちとは違っていたということを確認します。そしてもう一度、「昨夜の轢死を御覧になって」とよし子から聞かれますから、ここでもう一度セラピーが行われて、兄野々宮から言い付かった物を置いて病室を出るわけです。どれだけ、このときの三四郎に気合いが入っていたか、おわかりでしょう。「御茶ノ水で電車を降りて、すぐ俥《くるま》に乗った」とありますが、俥とは人偏に車ですから人力車です。新しい徽章《きしょう》の付いた帝国大学の学生帽を被って、赤門から人力車で病院に乗り付け、偉そうな到着の仕方をしているわけです。

着いたのが「青山内科」なのです。この病院こそが、講義のテーマである感染症と極めて深く関わる、青山胤通《たねみち》という帝国大学医科大学の教授が責任を持っている病棟なわけです。先ほど出てきたベルツの像の向かい側に、青山胤通の像が立っています。ベルツと青山胤通とがセットになって、帝国大学医科大学の象徴となっているわけで、帝国大学関係者であれば、「青山内科」の前にベルツが出てくれれば、ピンとくるわけです。その青山胤通が責任を持っている病院に、野々宮さんの妹が入院しているのです。三四郎がお見舞いをして病室を出てきたところに、「池の女」が出現します。

挨拶をして、部屋を出て、玄関正面へ来て、向《むこう》を見ると、長い廊下の果《はずれ》が四角に切れて、ぱっと明るく、表の緑が映る上《あが》り口《ぐち》に、池の女が立っている。はっと驚いた三四郎の足は、早速《さそく》の歩調に狂《くるい》が出来た。その時透明な空気の画布《カンヴァス》の中に暗く描かれた女の影は一歩《ひとあし》前へ動いた。三四郎も誘われた様に前へ動いた。二人は一筋道《ひとすじみち》の廊下のどこかで擦《す》れ違わねばならぬ運命を以て互いに近付いて来た。すると女が振り返った。明るい表の空気のなかには、初秋《はつあき》の緑が浮いているばかりである。振り返った女の眼に応じて、四角のなかに、現れたものもなければ、これを待ち受けていたものもない。三四郎はその間に女の姿勢と服装を頭のなかへ入れた。

着物の色は何と云う名か分らない。大学の池の水へ、曇った常磐木《ときわぎ》の影が映る時の様である。それを鮮《あざ》やかな縞《しま》が、上から下へ貫いている。そうしてその縞が貫ぬきながら波を打って、互に寄ったり離れたり、重なって太くなったり、割れて二筋《ふたすじ》になったりする。不規則だけれども乱れない上から三分《ぶ》の一の所を、広い帯で横に仕切った。帯の感じには暖味《あたたかみ》がある。

黄を含んでいるためだろう。

後《うしろ》を振り向いた時、右の肩が、後《あと》へ引けて、左の手が腰に添ったまま前へ出た。半帛《ハンケチ》を持っている。その半帛《ハンケチ》の指に余った所が、さらりと開いている。絹のためだろう。——腰から下は正しい姿勢にある。

女はやがて元の通りに向き直った。眼を伏せて二足ばかり三四郎に近付いた時、突然首を少し後に引いて、まともに男を見た。二重瞼《ふたえまぶた》の切長《きれなが》の落付いた恰好《かっこう》である。目立って黒い眉毛の下に活《い》きている。同時に綺麗な歯があらわれた。この歯とこの顔色《かおいろ》とは三四郎に取って忘るべからざる対照であった。


そして女は、「十五号室はどの辺になりましょう」と三四郎に聞くのですが、それはまさにいま三四郎が出てきたところの、野々宮よし子の病室番号なのです。実に絵画的な描写だということはお気づきになられたと思います。「青山病院」の中の暗い廊下で出逢うのですが、向こうから入ってきたところの外側には、夏の終わりの明るい日差しと緑があります。その日差しを受けながら女は進んできて、暗い病院の廊下ですれ違いざまに言葉を交わし、三四郎は「あっちです」と答えます。部屋まで送っていけばいいのに、「十五号室」の方向を教えただけですれ違うわけです。後ろ姿を見送っている時に、三四郎は気がつきます。

三四郎は今更取って帰す勇気は出なかった。已《やむ》を得ず又五六歩あるいたが、今度はぴたりと留った。三四郎の頭の中に、女の結んでいたリボンの色が映った。そのリボンの色も質も、慥《たし》かに野々宮君が兼安《かねやす》で買ったものと同じであると考え出した時、三四郎は急に足が重くなった。図書館の横をのたくる様に正門の方へ出ると、どこから来たか与次郎が突然声を掛けた。

「おい何故《なぜ》休んだ。今日は伊太利《イタリー》人がマカロニーを如何《いか》にして食うかと云う講義を聞いた」

と云いながら、傍《そば》へ寄って来て三四郎の肩を叩《たた》いた。


与次郎というのは、東大入学後知り合いになった友人ですが、ここから三四郎は、まだ名前のわからない「池の女」と野々宮さんの関係をいろいろ考え始めるわけです。三四郎の中で、まがまがしい汽車に轢かれて死んだ女は、汽車つながりで「汽車の女」でもあるわけです。その背後には、三四郎のトラウマになっている、「あなたはよっぽど度胸のない方《かた》ですね」と言い放った「汽車の女」の姿と「池の女」が重なります。まだ名前のわからない女の頭に、野々宮宗八が兼安で買ったリボンらしきものがあり、ここから野々宮宗八とこの「池の女」の関係を、三四郎はこの後さまざまに疑っていくことになるわけです。そのすべてが、この青山胤通が仕切っている「青山病院」の、暗い廊下の「十五号室」の付近で起きているわけです。

青山胤通の東京大学医学部、北里柴三郎の大日本私立衛生会伝染病研究所

野々宮さんの妹よし子を見舞った直後、三四郎が野々宮さんと深い関係にあるらしい、野々宮さんの友人の妹でのちに里見美禰子《みねこ》とわかる「池の女」と遭遇するのは、青山病院の構内なのです。東京帝国大学医学部の内科病棟での三人の遭遇に関して、同時代の読者には、どのような連想が形成されただろうか、ということが重要なわけです。

青山胤通は、一八八三年にドイツに留学し、一八八七年に帰国して東京帝国大学医科大学の教授となりました。日本の感染症研究の中で重要な役割を果たした北里柴三郎と青山は深い因縁の仲にありました。北里柴三郎は一八八九年にドイツのロベルト・コッホの下で細菌学を学びながら、破傷風《はしょうふう》菌の培養に成功します。さらに一八九〇年には、破傷風の抗毒素によって血清療法、今で言うワクチン接種による治療法を発見します。北里柴三郎は一八九二年に日本に戻ってきます。しかし、すでに青山胤通が東京帝国大学の内科の教授になってしまっており、北里柴三郎のポストは帝大内部にはないわけです。国際的にも有名になっている北里柴三郎にポストが準備できない帝国大学医科大学はおかしい、これは不当ではないか、という声が周囲から上がります。日本の近代医療制度に対して大きな影響力を持っていた医学者の長与専斎や、政治家の後藤新平が、何とかして北里柴三郎の居場所をきちんと作らなければならないとして、働き掛けをするわ

けです。

これに応えたのが、日本の近代化に大きな役割を果たしながら、旧幕臣であったがために、明治薩長藩閥政権の中においては、上まで上り詰めることができなかった福沢諭吉です。福沢諭吉は、帝国大学に対して、いわば対を張る形で慶應義塾大学を創立しましたが、東京の真ん中にある芝公園の中に彼が持っていた個人的な土地に、一八九二年一一月、北里柴三郎を迎え入れるために「大日本私立衛生会伝染病研究所」を作ります。日本における近代の感染症研究というのは、最初から帝国大学医学部と対峙する形で発足するのです。そして随分後になって、当時の政権が帝国大学医学部に併合しようとしたときに、北里以下、大日本私立衛生会伝染病研究所で働いていた人たちは全員辞職して北里研究所を作り、現在の北里大学に至る日本の感染症の研究の拠点になるのです。

大日本私立衛生会伝染病研究所ができたのは日清戦争の直前でした。帝国大学医学部は青山胤通で、片や伝染病研究所は北里柴三郎ということで、日本の感染症研究は二つに分裂し続けていました。一八世紀後半からインドを植民地化していたイギリスが、アジア・中国大陸に進出してくる上で決定的に重要だったのは、アヘン戦争で清国から割譲した植民地としての香港でした。この香港で一八九四年、ペストの大流行が起きます。このときに、大日本私立衛生会伝染病研究所の所長である北里柴三郎が自らただちに香港に出向いて、イギリス当局に協力します。北里は帝国大学医科大学の青山胤通教授に声をかけないことはないだろうということで、青山も一緒に香港に行くのですが、青山は自らペストに感染してしまい、瀕死の状態になって全く自らの役割を果たすことが出来ませんでした。これは日本の新聞メディアでも大きく報道されます。それに対して、北里柴三郎は、香港の感染者にさまざまな医療的な援助をしながら、ついにペスト菌を特定します。同じ頃、スイスのエルサンも香港でペスト菌を発見します。ペスト菌を香港で発見した北里柴三郎は、一九〇六年に帝国学士院会員になっています。こうして、北里柴三郎と青山胤通が伝染病研究者としての世界的なレベルにおいて、どれだけ決定的に違うのかが明らかとなります。

それは、日清戦争において日本が列強並みに帝国主義戦争をする国になれたということと、北里柴三郎の大日本私立衛生会伝染病研究所の功績とが重なり、当時の『三四郎』という新聞連載小説の読者には、「あの北里を東大に入れなかった青山病院ね」ということがわかるようになっているわけです。当然、内科には感染症の患者たちが入院したりするわけですから、この後、青山胤通が仕切っていた帝国大学医科大学の病院の医療行為の水準が、夏目漱石の小説においては極めて重要な意味をもつことになります。

そしてここで忘れてはならないのは、三四郎が池の端で出逢った最初「池の女」と呼んでいた里見美禰子の団扇を持った姿が、原口さんという絵描きの手によって描かれることです。黒田清輝の「湖畔」という有名な絵がありますが、バックに湖があって、団扇を持った女性がいるという構図を彷彿《ほうふつ》とさせるのが、「森の女」という絵なのです。その絵が飾られた展覧会の場面で、『三四郎』という小説は終わるわけです。

　この黒田清輝を思い起こさせる肖像画と、「ベラスケス」の絵が『三四郎』という小説の中では緊密に結びつけられていきます。ディエゴ・ベラスケスは、一五九九年に生まれ、一六六〇年まで活躍したスペインのフェリペ四世の宮廷画家です。フェリペ四世は、王様としてはほとんど無能でしたが、「ベラスケス」をはじめとして何人かの優れた芸術家を重用しました。当時のヨーロッパ大陸の諸王室の人々にとっては、肖像画を描いて結婚相手を探すということが大事であり、フェリペ四世の娘のマルガリータや、宮廷で働くお付きの女性たちの絵も「ベラスケス」は何枚も描いています。まだ名前のわからない段階での「池の女」が、「青山病院」の向こう側の日の光の当たるところから、日の当たらない「十五号室」の野々宮よし子の病室に近付いてくるときの描写が出てきました。あの三四郎の眼間《まなかい》にあらわれた光景は、マルガリータの侍女たちを「ベラスケス」が描いた、「ラス・メニーナス」という絵を彷彿とさせる書き方になっているのです。

「ベラスケス」が仕えたフェリペ四世は、ヨーロッパにおいて一六一八年から一六四八年にかけて、ドイツを中心に行われた宗教戦争である三十年戦争にスペイン王として参戦しますが、敗北してしまいます。その結果、「ウエストファリア条約」（一六四八）という宗教戦争を終わらせる条約が結ばれます。日清戦争において北里柴三郎が青山胤通を差し置いて、ペスト菌を発見したことによって香港の感染症対策に貢献し、その力もあって、イギリスがいち早く日本と結んだ「日英通商航海条約」の前提となる国際法体制がウエストファリア条約体制だったわけです。その意味でいうと、すべての事件が「青山病院」を発端として、三四郎の物語に世界史的に重なっていくという設定は、漱石の戦争の時代と感染症の時代を重ねた実に見事な設定になっているのではないかと、私は確信しています。

三四郎のインフルエンザ感染、そして美禰子の縁談

『三四郎』という小説の後半は、「文芸協会」主催のお芝居をよし子や美禰子らと観にいった三四郎が「インフルエンザ」に罹かってしまい、寝込んでいるところに、野々宮よし子がお見舞いにくる設定です。三四郎が罹ったのはインフルエンザです。与次郎からは「とにかく医者に診てもらえ」と言われますが、その直前に、「自分も女を振るときに、長崎に行くと嘘をついたことがある」と与次郎は言うのです。十二章です。

「なに、女だって、君なんぞのかつて近寄った事のない種類の女だよ。それをね、長崎へ黴菌《ばいきん》の試験に出張するから当分駄目だって断っちまった。ところがその女が林檎《りんご》を持って停車場《ステーション》まで送りに行くと云い出したんで、僕は弱ったね」

何気ない会話ですが、長崎に、黴菌を調べに試験に行くからと、与次郎はこの女との関係を断ったと言うのです。北里柴三郎と青山胤通との感染症研究における関係性を想起させる設定です。そして、与次郎に医者に診てもらえと言われ、三四郎は医者を呼びます。

晩になって、医者が来た。三四郎は自分で医者を迎えた覚えがないんだから、始めは少し狼狽《ろうばい》した。そのうち脈を取られたので漸《ようや》く気が付いた。年の若い丁寧な男である。三四郎は代診と鑑定した。五分の後病症はインフルエンザと極った。今夜頓服《とんぷく》を飲んで、なるべく風に当たらない様にしろと云う注意である。

三四郎が病気になったということを聞いて、野々宮よし子が見舞いにきます。当然、病人が寝ているわけですから、最初はためらいながら、部屋の中に入って行きます。

よし子は障子を閉《た》てて、枕元へ坐《すわ》った。六畳の座敷が、取り乱してある上に、今朝は掃除をしないから、なお狭苦しい。女は、三四郎に、
「寝ていらっしゃい」と云った。三四郎は又頭を枕へ着《つけ》た。自分だけは穏かである。
「臭くはないですか」と聞いた。
「ええ、少し」と云ったが、別段臭い顔もしなかった。「熱が御有りなの。何なんでしょう、

御病気は。御医者はいらしって」

「医者は昨夜《ゆうべ》来ました。インフルエンザだそうです」

「今朝早く佐々木さんが御出《おいで》になって、小川が病気だから見舞に行って遣って下さい。何病だか分らないが、何でも軽くはないようだって仰《おっ》しゃるものだから、私も美禰子さんも喫驚《びっくり》したの」


そして美禰子がお見舞いに持っていってあげなさいといわれた蜜柑《みかん》を籃《かご》から出して、三四郎に剝《む》いて食べさせて、このとき三四郎にとっては衝撃的な、美禰子の縁談が決まったという情報が伝えられます。三四郎はずっと野々宮と美禰子の関係を考えていたわけです。野々宮が美禰子と結婚するためになるべく早く結婚させようとしていた妹よし子がお見合いをした相手と、やはり兄里見恭介が結婚することが決まっていたので美禰子が結婚することになるということを、「インフルエンザ」の熱の中で知らされるわけです。


「野々宮さん、あなたの御縁談はどうなりました」

「あれぎりです」

「美禰子さんにも縁談の口があるそうじゃありませんか」

「ええ、もう纏《まとま》りました」

「誰ですか、先は」

「私を貰うと云った方なの。ほほほ可笑《おかし》いでしょう。美禰子さんの御兄《おあにい》さんの御友達よ。私近い内に又兄と一所に家《うち》を持ちますの。美禰子さんが行ってしまうと、もう御厄介になってる訳に行かないから」

「あなたは御嫁には行かないんですか」

「行きたい所がありさえすれば行きますわ」

女はこう云い棄てて心持よく笑った。まだ行きたい所がないに極っている。


つまり、兄が結婚するためには、家に小姑《こじゅうと》を置かないために、まず妹を先に結婚させなければならないという、結婚適齢期の兄妹の物語の中での、三四郎の失恋なのです。その物語全体を、三四郎がこの二人の女性と「青山病院」で出逢ったところから始まり、三四郎自身が「インフルエンザ」に罹ったところで、片方の妹の結婚が決まったという話で終わるのです。これは、感染症の時代を生き抜く方法についてよく考え抜かれて作られた設定であることがわかります。

第Ⅲ章 『それから』

ここでは、一九〇九年六月二七日から一〇月一四日にかけて連載された、夏目漱石の小説『それから』についてお話ししたいと思います。自分が好きだった女性を、「友情」という大義名分に従って、東京帝国大学で一緒だった学友に、結婚をすすめてしまったかもしれないと考えている長井代助は、友人平岡と三千代夫婦と再会します。代助とのかかわりの中で、三千代の運命が腸チフスという感染症で決定されたことを考えていきます。

「それから」という奇妙な題名

前章の『三四郎』については、連載期間の季節と小説の中の季節が連動していると指摘しました。『それから』では、新聞の読者たちが、この連載小説を読む直前の出来事について、小説が始まるところで作中人物が言及しています。

主人公は長井代助ですが、彼の家には、さまざまな肉体労働をさせられている「門野」という書生がいます。門野は『煤烟《ばいえん》』という「朝日新聞」紙上の連載小説をこまめに読んでいて、代助にストーリーを説明したりします。『煤烟』がどのような小説かというのが重要です。漱石の弟子の一人であった森田草平が、後に日本のフェミニズム運動の中心人物になる平塚らいてうを学校で教えていて、妻や子どもがいるのに彼女と駆け落ちをする、というスキャンダル事件を起こします。それで森田草平は学校を首になり、生活の糧がなくなったので、夏目漱石自身が小説を連載していた「朝日新聞」の文芸欄に、自分の体験を小説にしてみたらどうだということで紹介して、鳴り物入りでセンセーショナルに、一九〇九年一月一日から五月一六日まで連載されたのが『煤烟』です。この『煤烟』という小説を、作中人物の代助の家の書生が読んでいるという設定に『それから』はなっているわけです。

「京都の花がまだ早かった」という話題が、最初のほうに出て来ますから、連載時の一九〇九年六月からいうと、三カ月前ぐらいの直近の過去の出来事が語られていく小説です。この設定から物語の現在時が一九〇九年の「四、五年前」や「二、三年来」と記される過去の年代設定が明確になるのです。

『それから』は、長井代助という主人公と、かつて彼が結婚を媒介した友人平岡とが再会し、その妻の三千代との恋愛が再燃するという、典型的な不倫小説です。しかし今回のテーマは感染症との関わりを中心にしていますから、代助と三千代との関係を考える上で、感染症の問題が重要な設定になっている、ということを中心にしていきます。

前章の『三四郎』においては、一カ所だけ「青山病院」を登場させることによって、夏目漱石が青山胤通を新聞小説の読者に連想させ、日本が近代国家として欧米列強の不平等条約体制から離脱して、自らの国際的な地位を認めさせていく上で、青山と対の記憶として読者に刻まれている北里柴三郎という感染症学者の役割を読者に想起させる設定を分析しました。北里柴三郎を排除した東京帝国大学医科大学教授の青山胤通こそが、日本の感染症対策の遅れを作り出したということが曝露されている、と指摘したわけです。

『それから』では、平岡の妻となった三千代が、かつて代助の友人であった菅沼兄と住んでいたのが谷中の清水町だという地理的設定が問題になります。帝国大学と上野の森の間にあるのが清水町であり、三千代の兄菅沼の下宿からは「上野の森の古い杉」がよく見える、という設定にもなっていますから、東京帝国大学のいちばん東側にあるのが帝国大学医科大学とその付属病院としての「青山病院」ですから、谷中の清水町はそこから少し上野寄りにあるということになります。この設定が、『それから』を感染症文学として読み直す問題意識とつながるのです。

まず、『それから』は、漱石の小説の中でも、接続詞だけのとても奇妙な題名です。『三四郎』は、主人公の名前が題名になっていました。近代小説においても、たとえば、ゲーテの『ヴィルヘルム・マイスター』であるとか『若きウェルテルの悩み』など、小説の主人公の名前を題名に掲げているものが多いわけですから、『三四郎』は典型的な近代小説の題名の付け方だといえます。それに比べて、『それから』というのは、英語に翻訳すると「and then」ということですから、何かが事前にあって、そこから何か別なことが起きた、という接続詞なわけです。これは時間をめぐる小説なのだということを、非常に凝った方法で宣言した題名でもあります。

『それから』という長編小説の冒頭です。


誰か慌《あわ》ただしく門前を馳《か》けて行く足音がした時、代助《だいすけ》の頭の中には、大きな俎下駄《まないたげた》が空《くう》から、ぶら下っていた。けれども、その俎下駄は、足音の遠退《とおの》くに従って、すうと頭から抜け出して消えてしまった。そうして眼《め》が覚《さ》めた。

枕元《まくらもと》を見ると、八重《やえ》の椿《つばき》が一輪畳の上に落ちている。代助は昨夕《ゆうべ》床の中で慥《たし》かにこの花の落ちる音を聞いた。彼の耳には、それが護謨毬《ゴムまり》を天井裏から投げ付けた程に響いた。夜《よ》が更《ふ》けて、四隣《あたり》が静かな所為《せい》かとも思ったが、念のため、右の手を心臓の上に載せて、肋《あばら》のはずれに正しく中《あた》る血の音を確かめながら眠《ねむり》に就いた。

ぼんやりして、少時《しばらく》、赤ん坊の頭程もある大きな花の色を見詰めていた彼は、急に思い出した様に、寐《ね》ながら胸の上に手を当てて、また心臓の鼓動を検《けん》し始めた。寐ながら胸の脈を聴いてみるのは彼の近来の癖になっている。動悸《どうき》は相変わらず落ち付いて確《たしか》に打っていた。彼は胸に手を当てたまま、この鼓動の下《もと》に、温かい紅《くれない》の血潮の緩《ゆる》く流れる様を想像して見た。これが命であると考えた。自分は今流れる命を掌《てのひら》で抑《おさ》えているんだと考えた。それからこの掌に応《こた》える、時計の針に似た響《ひびき》は、自分を死に誘《いざな》う警鐘のようなものであると考えた。この警鐘を聞くことなしに生きていられたなら、──血を盛る袋が、時を盛る袋の用を兼ねなかったなら、如何《いか》に自分は気楽だろう。如何に自分は絶対に生を味わい得るだろう。けれども──代助は覚え悚《ぞっ》とした。彼は血潮によって打たるる掛念《けねん》のない、静かな心臓を想像するに堪えぬほどに、生きたがる男である。彼は時々寐ながら、左の乳の下に手を置いて、もし、此所《ここ》を鉄槌《かなづち》で一つ撲《どや》されたならと思う事がある。彼は健全に生きていながら、この生きているという大丈夫な事実を、殆《ほと》んど奇蹟《きせき》の如《ごと》き僥倖《ぎょうこう》とのみ自覚し出す事さえある。

小説の冒頭の三つの段落を紹介しましたが、題名の「それから」という接続詞が出てきたことにお気づきになりましたでしょうか。『三四郎』と同じように、夢から覚めた目覚めの瞬間、眠っていた無意識の状況から、代助の意識が目覚める、そこから小説が始まっていくのです。「誰か慌《あわ》ただしく門前を馳《か》けて行く足音がした時、代助の頭の中には、大きな俎下駄《まないたげた》が空《くう》から、ぶら下っていた」というのは、代助の目覚め直前の夢の描写です。この「門前を馳《か》けて行く足音がした」のは現実の世界での出来事なのか、夢なのか。寝覚の直前ですから、知覚感覚は現実世界のほうにも開かれていますが、意識のほうはまだ眠りの状態にあって、目覚めそうになったときに、頭の中で、「俎下駄《まないたげた》が空《くう》から、ぶら下がっていた」のです。

さて、眼が覚めます。第二段落では、「枕元《まくらもと》を見ると、八重の椿《つばき》が一輪畳の上に落ちている。代助は昨夕《ゆうべ》床の中で慥《たし》かにこの花の落ちる音を聞いた」とあります。代助が昨夜、眠りに就くときに、枕元の床の間に生けた椿の花がぼとっと落ちた音を聞いたのです。この時は、視覚的に確かめてはいませんが、聴覚的に判断したのです。それで、朝がきて明るくなったので見てみると、やはり「一輪畳の上に落ちている」ことを確認します。これは今朝の視覚的な印象です。代助が昨夜床の中で、確かにこの花の落ちる音を聞いたという瞬間に、物語の時間の流れは、代助が目覚めたこの日の朝から、昨夜寝る前の過去に遡《さかのぼ》っています。眠りに就く前に椿の落ちる音を聞き、目覚めた後にそのことを思い出した。この間には、代助の無意識の時間、すなわち眠りの時間があります。無意識の時間、眠りの時間は当然思い起こすことができません。だから、眠りに就く前に椿の花の落ちる音を聞き、目覚めた後で見たらたしかに落ちていた、という関係になるのです。

「彼の耳には、それが護謨毬《ゴムまり》を天井裏から投げ付けた程に響いた」ということですから、代助の椿の花の落ちる音を聞いたことに対する頭の中での比喩は、「護謨毬《ゴムまり》を天井裏から投げつけた程」の音だったわけです。ということは、代助は護謨毬を使ったスポーツを知っているということです。護謨毬を使ったスポーツはテニスか野球ということですから、代助は近代日本の教育に持ち込まれた体育という学校の授業の中で、護謨毬を使う世代だということが、まずここではっきりしてきます。もちろん、ゴムという物質が発見されて、それがさまざまに応用され、スポーツの道具としてでき上がるプロセスには、大英帝国によるインドを中心とした南方支配があり、その大英帝国から独立したアメリカが、本国のクリケットをベースボールに変えたという歴史が存在します。かつての宗主国と植民地の関係がスポーツにも具現化していたわけです。

椿の花が落ちた音を聞いたということは、代助は椿の花を枕元に飾って寝たということです。これは、江戸時代の日本の武士階級にはあり得なかった発想であり、感覚であり、花に対する態度です。椿は日本では生活に深く根付いた樹木です。今でも大島で生産される椿の実に入っている良質な油は、江戸時代には男性も女性も髪を結うときに、鬢《びん》付け油として使われていました。今でも日本の伝統的な競技になっている相撲取りの力士たちは、テカテカの鬢付け油を塗って髷《まげ》を結っています。それだけではなくて、江戸時代には、椿油を吸い込んだ和紙の細い芯に灯をつけて夜の明かりにしていましたから、日常的に不可欠な、照明用燃料でした。しかしこの椿油の生産は、武士階級の目につかないところで行われていました。

椿は日本列島のどこでも育ちますが、なぜわざわざ大島など島嶼《とうしょ》部で生産されたかというと、武士の目につかないということが大事だったからです。椿の花は、開花の時期が過ぎるとぼとっと落ちます。戦国時代や江戸時代に戦いをしていた武士階級にとって、自分がどういう功績を納めたのかは、敵方の武将の首をどれだけ取ってくるかによって計られました。首を入れる桶《おけ》があり、戦場から腰に首をつるしたり、首を切ったあと髪の毛を紐状《ひもじょう》にして腰にぶら下げて帰ってきて、それを桶に入れて殿様に見せたのです。戦場で取った首の数で敵方の土地をどれだけ自分の領土にするかが決まりましたから、椿のぼとっと落ちる様は、武士階級にとっては不吉な死のイメージだったのです。

日本でなぜ、桜の花が武士階級に好まれるようになり、どんな所にも桜の木があるという桜信仰が生まれたのは、椿のようにぼとっと首を落とされるのではなく、桜の花びらのようにさらさら、はらはらと散るという死に方が武士階級に好まれたからです。ですから、椿の花を育てていたのは、武士階級ではなくて、裕福な町人階級の人たちでした。武士階級は馬に乗ってそれぞれの城下町を移動しましたから、結構高いところから塀《へい》の上まで見えてしまいます。それで、町人は庭の奥のほうに椿を植え、品種改良をしてきました。自然界では赤と白だけだったものが、赤白混合といったいろいろな種類の椿を見ることができます。

長井代助という『それから』の主人公は、武士階級にとって、椿の花は首が落ちるから縁起が悪いという発想とは無縁に、枕元に椿の花を飾って寝ていますから、西洋的な感覚の持ち主だったということです。ここで、一九世紀（一八五三年初演）に作られた、ウェルディのオペラ「椿姫」を思い出された方は、優秀な文化的教養をお持ちだと思います。日本で町人階級が品種改良して美しい花を咲かせるようになった椿という花が、一九世紀のヨーロッパの人たちに好かれていたということです。また画家たちにとっては、ルネサンス以来の厳しい遠近法とは無縁な浮世絵をジャポニズムの美術として受け入れたことにも結びついてきます。有名なところでは、ヴァン・ゴッホがそうした絵を描いていますから、その中で椿という花も魅力的な花となり、あのオペラまでできてしまったのです。長井代助はそういうヨーロッパの「椿姫」的な感覚の持ち主であり、とても新しい文化的感覚を持つ人だということが小説の冒頭でわかる設定です。

この出だしは、昨夜眠る前に椿の花が落ちたというだけの記述なのですが、イギリス留学をしてヨーロッパの一九世紀末を体験している漱石としては、とてもこだわった表現だと思います。しかも護謨毬が天井から落ちたというように、日本の近代化でテニスや野球をするようになった時代を表現しています。漱石の学生時代の友人で俳人の正岡子規は野球が大好きで、ベースボールという英語を「野球」と翻訳したのが彼ではないかと言われているくらいです。正岡子規の子規というのは俳句を作るときの号ですが、本名は升《のぼる》です。洒落《しゃれ》で「ノ、ボール」に漢字を宛て「野球」にしたのではないかと、まことしやかな噂が流れています。それはさておいて、この「護謨毬《ゴムまり》を天井裏から投げ付けた程に響いた」というのは、昨夜の眠りに就く前の、意識と無意識の間のギリギリ意識があった時の代助の記憶です。そこから、眠りという無意識状態に入る瞬間に、この椿の花の落ちる音を聞きながら、代助は「右の手を心臓の上に載せて、肋《あばら》のはずれに正しく中《あた》る血の音を確かめながら眠《ねむり》に就いた」のです。つまり、代助は眠る前に自分の心臓の鼓動を確かめるほど、生きているかどうかにこだわるような、つまり死について強く意識している人間であったことを、覚えておいてください。

目覚めた代助は、「ぼんやりして、少時《しばらく》、赤ん坊の頭ほどもある大きな花の色を見詰めていた彼は、急に思い出した様に、寐《ね》ながら胸の上に手を当てて、また心臓の鼓動を検《けん》し始め」ます。さて、ここで読者のみなさんに私からの質問ですが、落ちた椿は白か赤か、どちらでしょうか。おそらく、私の類推ですが、赤い椿が落ちたと考えられた方が多かったのではないでしょうか。この場面を読んだ瞬間に、赤だと思い込まねばならないような仕掛けを、漱石はちゃんと組み込んでいるわけです。もう一回見てみましょう。「ぼんやりして、少時《しばらく》、赤ん坊の頭ほどもある大きな花の色を見詰めていた」と、花の色については一言も書いていません。しかし、大きさについては「赤ん坊の頭程もある」となっているわけですから、赤色ではないかと感じさせるトリックです。このあたりに『それから』という小説の一言ひとことの使い方が、どれだけ戦略的なのかがあらわれています。

いま私はずっと椿の花の話をしていましたが、最初の質問を覚えていらっしゃいますか。題名である「それから」という言葉は、引用した冒頭部分のどこに出てくるかわかりますか、という質問をしていたはずです。「それから」という時間の流れを表す、通常の小説の題名としてはあり得ないような接続詞が先の引用部に出てきたことに、気が付かれたでしょうか。目覚めてから、代助はまずは心臓の鼓動を検し始めるわけですが、「寐ながら胸の脈を聴いてみるのは彼の近来の癖になっている」のです。この「近来」も、最近のある時点から現在に至る「それから」なのです。きっかけはわかりませんが、何かがあって就寝する前に心臓に手を当てて昨夜も眠った。それで、俎下駄がぶら下がっている夢を見て、ふっと眼が覚めて、もう一回心臓が動いているか、手を当ててみた、というのが代助の「近来の癖」なのです。この「近来」がいつからの癖なのか。これも、「それから」という時間論的な題名が付いている小説を読み解いていく上で、とても大事な入り口になっているわけです。

動悸《どうき》は相変わらず落ち付いて確《たしか》に打っていた。彼は胸に手を当てたまま、この鼓動の下《もと》に、温かい紅《くれない》の血潮の緩く流れる様を想像してみた。これが命であると考えた。自分は今流れる命を掌《てのひら》で抑えているのだと考えた。それから掌に応《こた》える、時計の針に似た響は、自分を死に誘《いざな》う警鐘の様なものであると考えた。

ここに「それから」という接続詞が出てきます。これが、長井代助という主人公の存在形態なのです。寝る前に胸に手を当てて心臓の鼓動を聞き、無意識の領域に入って眠って、起きたら心臓に手を当てて、動いているかどうかを確かめる。この「掌に応《こた》える、時計の針に似た響は」というところの「響」は、重要な意味を持っています。みなさんはデジタルで時刻を見る生活をされていると思いますが、私のように古い腕時計を持っている人間にとっては、時計の針はアナログで回っているのです。漱石の時代の日本の家の中における時計は、だいたい柱時計です。部屋の一番高い所に置いてあって、ネジを巻いて、そのネジがほどけていくことで動く仕組みになっています。時計の音をオノマトペ(擬態語)では、「チックタック」と言ったりしますが、チックタックというのは、時計のゼンマイがほどけて、柱時計の振り子が動くのに従って聞こえてくる世界的に共通している音です。『それから』という長編小説の題名は、この一瞬一瞬、もう二度と逆戻りができない、進行していく時間というもの自体をテーマにしていることがわかる設定です。

時間論を哲学的に解明したのは、フランスの哲学者アンリ＝ルイ・ベルクソンですが、漱石はベルクソンを読んでいて、『文学論』の中でも引用したり、唯一の自伝的な小説『道草』にも、ベルクソンを読んだ経験を主人公が学生に話している場面がでてきます。そういう意味では、『それから』という小説の冒頭の一ページにも満たない出だしの分析を元にして、そこに込められた漱石夏目金之助という文学者の、さまざまな戦略的意図を読み取っていただければ、十分に哲学的にも読める小説ですので、それに挑戦してみてください。

「それから」という題名は、「掌に応《こた》える、時計の針に似た響」、つまり、心臓の音と時間というものの関わりの想像力から出てきているということです。心臓の音というのは、その心臓の強さにおいて、この人はあと何年間生き延びられるのかという音でもあるわけですから、その背後には死というものが刻み込まれてもいるわけです。ですから、代助は、「血を盛る袋が、時を盛る袋の用を兼ねなかったなら」、安心出来たはずなのです。自分を生かす血を回らせる心臓の響は、時間が過ぎ去っていくことを示し、どんな人でも一刻一刻、一音一音、死に近づいていくことになるわけです。冒頭の一ページほどのところで、『それから』という小説の重要な文学的な主張、哲学的なテーマが読者に示されているということを確認した上で、今回のテーマである「感染症の時代」について考えていきたいと思います。

代助が「三千代さん」と呼ぶ訳

代助が心臓から手を離して枕元に置いてある新聞を手にすると、そこには、学校騒動が大きな活字で出ています。この時期は商業学校であり、今は名門の一橋大学になっている学校で、文部省の教育政策が大きな問題になっており、それが代助が読んでいる新聞のニュースになっていたのです。

彼は心臓から手を放して、枕元の新聞を取り上げた。夜具の中から両手を出して、大きく左右に開くと、左側に男が女を斬《き》っている絵があった。彼はすぐ外《ほか》の頁《ページ》へ目を移した。其処《そこ》には学校騒動が大きな活字で出ている。代助は、しばらく、それを読んでいたが、やがて、倦怠《だる》そうな手から、はたりと新聞を夜具の上に落とした。

新聞を折ったまま、寝ながら読んでいたのですが、それを左右に開くと、左側に男が女を斬っている絵があったのです。男が女を斬る絵というのは、江戸時代以前の物語を書いた新聞小説の挿絵《さしえ》です。いろいろ調べて見ましたが、これは「読売新聞」です。「読売新聞」は、日露戦争後はまだ文学新聞として位置づけられていました。「読売」という言葉は、路上で読みながら売る、要するに瓦版《かわらばん》ということです。江戸時代には、瓦版に出た記事を売り手は読みながら、「どうだい、どうだい」と声をかけながら売っていました。すべての漢字に仮名がふってあり、庶民でも読めるもので、それを引き継いだのが「読売新聞」でした。一方、漱石が小説を連載していた大阪と東京両方に本社を持つ「朝日新聞」は、東京、大阪の株式市場の値段が一目でわかるので、主に株式情報を朝一番に得てお金儲けをしたい商売関係の人たちが読んでいました。「読売」が文学新聞だとすると、「朝日」は経済新聞でした。経済新聞としての「朝日新聞」に漱石が新聞連載小説を連載しているということは、新たな読者を獲得するのに重要であり、しかも主人公の長井代助がその新聞を寝ながら読んでいる場面から始まる『それから』という新聞小説は、新聞の読者を主人公にしているというなかなか粋な始まり方をしていたのです。

その新聞を読んでいるところに、郵便物が二つ届きます。書生の門野との会話です。

「郵便ですか。こうっと。来ていました。端書《はがき》と封書が。机の上に置きました。持って来ますか」

「いや、僕があっちへ行ってもいい」

歯切れのわるい返事なので、門野はもう立ってしまった。そうして端書と郵便を持って来た。端書は、今日二時東京着、ただちに表面へ投宿、取敢《とりあ》えず御報《ごほう》、明日《あす》午前会いたし、と薄墨《うすずみ》の走り書の簡単極《きわま》るもので、表に裏神保町《うらじんぼうちょう》の宿屋の名と平岡常次郎《ひらおかつねじろう》という差出人の姓名が、表と同じ乱暴さ加減で書いてある。

「もう来たのか、昨日《きのう》着いたんだな」と独《ひと》り言《ごと》のようにいいながら、封書の方を取り上げると、これは親爺《おやじ》の手蹟《て》であう。二、三日前帰って来た。急ぐ用事でもないが、色々話しがあるから、この手紙が着いたら来てくれろと書いて、あとには京都の花がまだ早かったの、急行列車が一杯で窮屈だったなどという閑文字《かんもんじ》が数行列《つら》ねてある。代助は封書を巻きながら、妙な顔をして、両方見較《みくら》べていた。

「君、電話を掛けてくれませんか。家《うち》へ」

「はあ、御宅へ。何て掛けます」

「今日は約束があって、待ち合わせる人があるから上がれないって。明日《あした》か明後日《あさって》きっと伺いますからって」

「はあ、どなたに」

「親爺が旅行から帰って来て、話があるからちょっと来いっていうんだが、――何親爺を呼び出さなくてもいいから、誰にでもそう云ってくれ給え」

「はあ」

門野は無雑作《むぞうさ》に出て行った。


『三四郎』という小説が交通小説だとすれば、『それから』は交信小説です。まず郵便が二種類出てくるのです。端書と封書は、今もそうですが値段が違います。なぜ封書のほうが高いのかというと、封書ですから、封をすると情報の機密性が守られるからです。葉書は郵便屋が読もうと思えば読めるわけですから、情報の機密性をめぐって、値段の違う二つの通信形態が、郵便制度の開始時点から現在まであったわけです。

この郵便制度を創設したのが、一八七〇年、前島密《ひそか》です。明治という日本社会が近代に突入した証の一つが郵便なのです。同時に新聞を読んでいるわけですから、情報伝達の形態が、個人間だったものから、郵便局や新聞社から配達されるという、日本の近代化における情報システムの中央集約的な変革が一気に進んだということです。代助は安い葉書で来た平岡常次郎の葉書を選んで最初に目を通し、封書できた京都に行ってきた父親からの手紙は、あとまわしにするわけです。

『それから』という小説の奇数章である第一章を今読んでいるわけですが、この後すぐ後に偶数章である第二章に入り、代助は平岡と会うことになります。これ以降、平岡の妻である三千代との関係も含めて、平岡関係は全部偶数章で、奇数章は、次男である代助の結婚話を進めようとしている父親、長井得あるいは実家の兄や嫂《あによめ》との関係をめぐる話になっています。このように、偶数章と奇数章で何を書くかを使い分けた小説になっているわけです。

第二章では、「着物でも着換えて、此方《こっち》から平岡の宿を訪ねようかと思っている所へ、折よく先方《むこう》から遣《や》って来た」と、平岡が直接代助の家を訪れます。そして、炊事その他をやっている婆さんと、門野という書生がいるわけですから、案内をしてくれた婆さんについて、平岡が、「ありゃ何だい」と言い、「あの婆さんの外《ほか》に誰かいるのかい」と聞くので「書生が一人いる」と代助は応答します。


「それぎりかい」

「それぎりだ。何故《なぜ》」

「細君はまだ貰《もら》わないのかい」

代助は心持《こころもち》赤い顔をしたが、すぐ尋常一般の極《きわ》めて平凡な調子になった。

「妻《さい》を貰ったら、君の所へ通知位するはずじゃないか。それよりか君の」と云いかけて、ぴたりとやめた。

これが第二章です。代助は平岡と再会しましたが、もちろん読者は代助と平岡がどういう関係かまだわかっていません。そういう二人の関係の冒頭で、平岡から「細君はまだ貰わないのかい」と聞かれて、代助は、ちょっと顔を赤らめた上で、「妻《さい》を貰ったら、君の所へ通知位する筈《はず》じゃないか。それよりか君の」と言いかけ、ここでピタリと話を止めるわけです。「それよりか君の」とそのまま続けたらどうなるのか、ということを考えながら、この続きを読んでください。

この後、代助と平岡の関係が次の文で紹介されます。

代助と平岡とは中学時代からの知《し》り合《あ》いで、殊《こと》に学校を卒業して後、一年間というものは、殆《ほと》んど兄弟の様に親しく往来した。

この記述については、かなり説明が必要だと思います。「中学時代からの知り合いで、殊《こと》に学校を卒業して後《のち》、一年間」というのはどういうことなのか。これは明治という時代の、夏目漱石が『それから』という小説を朝日新聞に連載していたときの学歴社会についての常識がないと、すぐにはわからないところです。中学校というのは、当時の日本における、高等学校に入るための受験勉強の最大の競争の場となる修業年限五年の学校です。高等学校は、漱石の時代でいうと、東京の第一高等学校、仙台の第二高等学校から、三四郎が通っていた熊本の第五高等学校まで、五つしかありませんでした。中学校から高等学校へ進学できるのはごくわずかでしたから、高等学校に入学するための生死をかけた大受験激戦を戦う現場が中学校でした。当の受験勉強でほんとうに死んでしまった中学生もいたのです。代助と平岡の二人は最高激戦区の東京でその命がけの受験競争を勝ち抜き、一緒に第一高等学校に入ります。「殊《こと》に学校を卒業して後《のち》、一年間というものは、殆《ほと》んど兄弟の様に」というのは、東京で高等学校から大学に進学したうえで「卒業」した後のことです。

そして、修業年数三年の第一高等学校から東京帝国大学に入り、卒業の「一年の後に平岡は結婚した。同時に、自分の務めている銀行の、京坂《けいはん》地方のある支店詰《づめ》になった」、という設定です。この間の経緯はこう書かれています。

代助は、出立《しゅたつ》の当時、新夫婦を新橋の停車場《ステーション》に送って、愉快そうに、直《じき》帰って来給えと平岡の手を握った。平岡は、仕方がない、当分辛抱するさと打遣《うっちゃ》る様にいったが、その眼鏡の裏には得意の色が羨《うらや》ましい位動いた。それを見た時、代助は急にこの友達を憎らしく思った。家《うち》へ帰って、一日部屋へ這入《はい》ったなり考え込んでいた。嫂《あによめ》を連れて音楽会へ行く筈の所を断わって、大いに嫂に気を揉《も》ました位である。

この平岡の妻の名前はまだ出てきませんが、新夫婦を送り出した後、代助はかなりショックだったようです。その後、次のように小説の叙述は続きます。

平岡からは絶えず音便《たより》があった。安着の端書《はがき》、向うで世帯を持った報知、それが済むと、支店勤務の模様、自己将来の希望、色々あった。手紙の来るたびに、代助は何時《いつ》も丁寧な返事を出した。不思議な事に、代助が返事を書くときは、何時でも一種の不安に襲われる。たまには我慢するのが厭《いや》になって、途中で返事をやめてしまう事がある。ただ平岡の方から、自分の過去の行為に対して、幾分か感謝の意を表して来る場合に限って、安々と筆が動いて、比較的なだらかな返事が書けた。

そのうち段々手紙の遣り取りが疎遠になって、月に二遍が、一遍になり、一遍が又二月《ふたつき》、三月《みつき》に跨《また》がる様に間を置いて来ると、今度は手紙を書かない方が、却って不安になって、何の意味もないのに、只この感じを駆逐する為に封筒の糊《のり》を湿《しめ》す事があった。それが半年ばかり続くうちに、代助の頭も胸も段々組織が変って来るように感ぜられて来た。この変化に伴って、平岡へは手紙を書いても書かなくっても、まるで苦痛を覚えないようになってしまった。現に代助が一戸を構えて以来、約一年余と云うものは、この春年賀状の交換のとき、序《ついで》を以て、今の住所を知らしただけである。

それでも、ある事情があって、平岡の事はまるで忘れる訳には行かなかった。時々思い出す。そうして今頃はどうして暮らしているだろうと、色々に想像して見る事がある。しかしただ思い出すだけで、別段問い合せたり聞き合せたりするほどに、気を揉む勇気も必要もなく、今日《きょう》まで過《すご》して来た所へ、二週間前に突然平岡からの書信が届いたのである。その手紙には近々《きんきん》当地を引き上げて、御地《おんち》へまかり越す積りである。ただし本店からの命令で、栄転の意味を含んだ他動的の進退と思ってくれては困る。少し考《かんがえ》があって、急に職業替《がえ》をする気になったから、着京の上は何分宜《なにぶんよろ》しく頼むとあった。この何分宜しく頼むの頼むは本当の意味の頼むか、又は単に辞令上の頼むか不明だけれども、平岡の一身上に急劇な変化のあったのは争うべからざる事実である。代助はその時はっと思った。

引用部を、年表にしてみるとどうなるでしょうか。平岡が結婚して、代助のいる東京から関西のほうへ去ったのは三年前です。三年前というのは、三六カ月前ですが、結婚してすぐ平岡からは絶えず便りがきて、大阪に到着した後何日もおかずに、着きましたよ、所帯をもちましたよ、という便りがあったわけです。その後手紙のやり取りが段々疎遠になって、「月に二編が、一遍になり、一遍が又二月《ふたつき》、三月《みつき》」に一遍になり、その年月を計算していくと、このあたりで音信不通になります。代助は不安を解消するために、自分から手紙を書いています。代助は前に住んでいた実家から今の一軒家に引っ越しています。「現に代助が一戸を構えて以来、約一年余」というところから逆算してみると、この春年賀状の交換があったわけですから、今が桜の花が咲き始める三月の末ぐらいだとすると、正月に初めて代助は自分の新しい住所を紹介しているわけですから、その前はずっと一年以上音信不通だったということになります。いつから音信不通になっていたのかというと、「それよりか君の」と代助が口をつぐんだことと関係がありそうです。

平岡と代助の二人は久しぶりに逢って、酒を酌み交わしながら、平岡の大阪から東京に移って来た経緯の実情を聞きます。お金の不正なやり取りで銀行を首になったので、とにかく東京には移ってきたけれども、就職口を探してくれないか、というのが平岡の代助への依頼なのです。代助の家は実業家ですから、父親から兄に実権は移った段階ですが、相談してみるということになって、その別れ際、代助は当時の東京の街路電車の駅頭で、こう平岡に聞きます。


「三千代《みちよ》さんはどうした」と聞いた。

「ありがとう、まあ相変らずだ。君に宜《よろ》しくいっていた。実は今日連れて来《き》ようと思ったんだけれども、何だか汽車に揺れたんで頭が悪いというから宿屋へ置いて来た」

電車が二人の前で留まった。平岡は二、三歩早足に行きかけたが、代助から注意されてやめた。彼の乗るべき車はまだ着かなかったのである。

「子どもは惜しい事をしたね」

「うん。可哀想《かわいそう》な事をした。その節は又御叮嚀《ごていねい》にありがとう。どうせ死ぬ位なら生れない方がよかった」

「その後はどうだい。まだ後《あと》は出来ないか」

「うん、未《ま》だにも何にも、もう駄目だろう。身体《からだ》があんまり好くないものだからね」

「こんなに動く時は子供のない方がかえって便利でいいかも知れない」

「それもそうさ。一層《いっそ》君の様に一人身《ひとりみ》なら、猶《なお》の事、気楽で可いかも知れない」

「一人身になるさ」

「冗談云ってら——それよりか、妻《さい》が頻《しき》りに、君はもう奥さんを持ったろうか、未だだろうかって気にしていたぜ」

ところへ電車が来た。

鋭い文学的感覚をお持ちの方はおわかりになったと思いますが、なぜ代助はあの時、口をつぐんだのか。「三千代さんはどうした」というふうに聞いているところから察しがつきます。この小説を四章まで読み進めると、「代助はこの細君を捕《つら》まえて、かつて奥さんといった事がない。何時《いつ》でも三千代《みちよ》さん三千代さんと、結婚しない前の通りに、本名を呼んでいる。」ということは、代助は結婚後の平岡への手紙の中で、三千代という本名しか書いていなかったということがわかるわけです。つまり、平岡が三千代と結婚した後、二人は手紙でやり取りしていますが、代助は一度も「君の奥さんは」と書いたことはなく、「三千代さんは」と平岡の妻のファーストネームで彼女のことを書いたのです。「君の……」と言ったら、その後は「奥さん」という言葉が出てくるしかありませんから、代助はそれを飲み込んだわけです。

それから大分時間が経ち、代助と平岡は酒を酌み交わして、電車のステーションで別れ際に、代助は平岡にわざわざ「三千代さんは」というファーストネームで聞いています。これはあたり前の呼称として、「奥さん」とか「旦那さん」とか言っている日本の社会においては、極めて異例な敏感さだと思います。代助はこのように、平岡の妻として以上に、三千代のことを固有名として意識していたのです。その問題が『それから』の一番の根本になって、感染症とも不可分に結びついているのです。

平岡と三千代夫婦が東京に戻って来る。結果として平岡の職はなかなか決まらず、関西にはだいぶ借金がある。その金利の高い金融業者から借りている借金を、緊急に支払わないといけない。それで、お金を貸してくれないかと、三千代は恥を忍んで代助のところに依頼にきます。そのときに、代助の家にきた三千代の姿勢に、代助は注目せざるを得なくなります。それは、三千代が平岡と結婚するときに、代助がプレゼントした「真珠の指輪」を、もう一つの指輪をした手の上にして座っていたからです。その光景が描写されて初めて、代助と平岡と三千代がどういう過去を共有していたのか、ということが読者に明らかにされていくことになります。

代助と三千代の遭遇、菅沼のチフス感染

全部で十七章ある『それから』という長編小説の第七章で、学生時代の代助とその友人菅沼、

その妹の三千代、そして平岡との関係が、読者に示されることになります。

代助が三千代と知り合いになったのは、今から四、五年前の事で、代助がまだ学生の頃であった。代助は長井家《ながいけ》の関係から、当時交際社会の表面にあらわれて出た、若い女の顔も名も、沢山に知っていた。けれども、三千代はその方面の婦人ではなかった。色合《いろあい》からいうと、もっと地味で、気持からいうと、もう少し沈んでいた。その頃、代助の学友に菅沼《すがぬま》というのがあって、代助とも平岡とも、親しく附合《つきあ》っていた。三千代はその妹《いもと》である。

この菅沼は東京近県のもので、学生になった二年目の春、修業のためと号して、国から妹を連れて来ると同時に、今までの下宿を引き払って、二人して家を持った。その時妹は国の高等女学校を卒業したばかりで、年は慥《たしか》十八とかいう話であったが、派手な半襟《はんえり》を掛けて、肩上《かたあげ》をしていた。そうして程なくある女学校へ通い始めた。

菅沼の家は谷中《やなか》の清水町《しみずちょう》で、庭のない代りに、縁側《えんがわ》へ出ると、上野《うえの》の森の古い杉が高く見えた。それがまた、錆《さび》た鉄のように、頗《すこぶ》る異《あや》しい色をしていた。その一本は殆《ほとん》ど枯れ掛かって、上の方には丸裸《まるはだか》の骨ばかり残った所に、夕方になると烏《からす》が沢山集まって鳴いていた。隣には若い画家《えかき》が住んでいた。車もあまり通らない細い横町で、至極《しごく》閑静な住居《すまい》であった。

代助は其処へ能《よ》く遊びに行った。始めて三千代に逢《あ》った時、三千代はただ御辞儀《おじぎ》をしただけで引込《ひっこ》んでしまった。代助は上野の森を評して帰って来た。二返《へん》行っても、三返行っても、三千代はただ御茶を持って出るだけであった。そのくせ狭い家だから、隣の室にいるより外はなかった。代助は菅沼と話しながら、隣の室に三千代がいて、自分の話を聴いているという自覚を去る訳に行かなかった。

三千代と口を利《き》き出したのは、どんな機会《はずみ》であったか、今では代助の記憶に残っていない。残っていない程、瑣末《さまつ》な尋常の出来事から起ったのだろう。詩や小説に厭《あ》いた代助には、それがかえって面白かった。けれども一旦《いったん》口を利き出してからは、やっぱり詩や小説と同じ様に、二人はすぐ心安くなってしまった。

平岡も、代助の様に、よく菅沼の家《うち》へ遊びに来た。あるときは二人連れ立って、来た事もある。そうして、代助と前後して、三千代と懇意になった。三千代は兄とこの二人に食付《くっつ》いて、時々池《いけ》の端《はた》などを散歩した事がある。

四人《よったり》はこの関係で約二年足らず過ごした。すると菅沼の卒業する年の春、菅沼の母というのが、田舎から遊びに出て来て、しばらく清水町に泊まっていた。この母は年に一、二度ずつは上京して、子供の家に五、六日寐起《ねおき》する例になっていたんだが、その時は帰る前日から熱が出だして、全く動けなくなった。それが一週間の後窒扶斯《チフス》と判明したので、すぐ大学病院へ入れた。三千代は看護のため附添《つきそい》として一所に病院に移った。病人の経過は、一時やや佳良《かりょう》であったが、途中からぶり返して、とうとう死んでしまった。そればかりではない。窒扶斯が、見舞に来た兄に伝染して、これも程なく亡くなった。国にはただ父親が一人残った。

それが母の死んだ時も、菅沼の死んだ時も出て来て、始末をしたので、生前に関係の深かった代助とも平岡とも知り合になった。三千代を連れて国へ帰る時は、娘とともに二人の下宿を別々に訪ねて、暇乞《いとまごい》かたがた礼を述べた。

その年の秋、平岡は三千代と結婚した。そうしてその間に立ったものは代助であった。尤《もっと》も表向きは郷里の先輩を頼んで、媒酌人《ばいしゃくにん》として式に連なってもらったのだが、身体《からだ》を動かして、三千代の方を纏《まと》めたものは代助であった。

結婚して間もなく二人は東京を去った。国に居た父は思わざるある事情の為に余儀なくされて、これもまた北海道へ行ってしまった。三千代はどっちかといえば、今心細い境遇に居る。どうかして、この東京に落付いていられる様にして遣《や》りたい気がする。代助はもう一返嫂《あによめ》に相談して、この間の金を調達する工面をしてみようかと思った。又三千代に逢って、もう少し立ち入った事情を委《くわ》しく聞いて見ようかと思った。

代助の所に、三千代は借金を依頼しに来たのです。それをきっかけに、代助は、三千代が平岡と結婚するに至るプロセスを記憶から思い起こすわけです。その中で、チフスに感染してしまった母親を大学病院に入院させた三千代は、専門の看護師ではありませんが、看病のために大学病院に常駐していました。そこは、『三四郎』に登場した「青山病院」です。三四郎池の東側が青山胤通が開いた「青山病院」、東京帝国大学医科大学の内科病棟です。その東京大学の構内から出て、道を越えて少し行くと菅沼と三千代が一緒に住んでいた「清水町」なのです。この「清水町」の西側の帝国大学に入学した息子が、妹の三千代を迎え入れるということで、新たに借家を借ります。その借家に寝泊まりができるということで、東京からそれほど遠くはない田舎から、上京していたお母さんが生活をしていた、ということが悲劇の発端になるのです。

お父さんはというと、少なくとも、長男を帝国大学に入れ、その妹も高等女学校に進学させているわけですから、かなり教育には熱心な父親だったわけです。菅沼は東京近県の者ですから、高等女学校がどこにあったのかということが大事になります。岩波文庫には、高等女学校に関して、「小学校に続く旧制の女子中等教育機関、修学年限は4年または5年。明治43年の女子の中学教育就学率は9パーセントに過ぎない。息子を大学に、娘を高等女学校に入れた、三千代の実家は家計に余裕があり、女の子にも勉強をさせる方針の家庭であったことが考えられる」という吉田凞生《ひろお》さんの注釈が付いています。ですから、女子の教育にも熱心な近代的な家だということがわかります。三千代と菅沼の母親が東京に遊びに来たとき、母親が腸チフスに罹ってしまいました。腸チフスというのは、水を媒介とした伝染病です。三千代は看護師の代わりに病院で母親の看護をしていたのですから、当然、感染しないように医師からも指導されて注意をしていたはずです。しかし、見舞いにきた兄の菅沼は、注意を怠ったのか腸チフスに感染してしまい、母親も兄も亡くなってしまったのです。

これが「三、四年前」ですから、繰り返しますが、『それから』という小説の連載の始まりはいつだったのかといいますと、漱石の弟子の森田草平が『三四郎』の美禰子のモデルだったといわれる平塚らいてうとの失踪事件で学校を辞めさせられ、それをきっかけに「朝日新聞」に『煤烟』を連載した後です。長編小説『煤烟』は、一九〇九年一月から五月まで連載されていましたから、『それから』が連載されていた年の春なのです。「三、四年前」というのは、あえて曖昧《あいまい》にしていますが、三年だったら日露戦争が終わった後、鉄道国有法が無理矢理国会を通過させられた一九〇六年であり、四年前だったら、日露戦争がその秋に終息する一九〇五年です。

そこから、三千代が母親の看病をしていた時期を類推してみると、谷中の清水町から東に行けば東京の花見の名所である上野公園ですから、ちょうど桜の見頃の時に来たとすれば、日露戦争が終わっていない段階です。その時の清水町の危険性とは何かといえば、清水町は東京大学医科大学と道を隔てて隣接していますから、多くの日露戦争の傷病将校が帰還して治療を受けていたことです。戦場では腸チフスも流行《はや》っていましたから、衛生状態が悪ければ、当然兵士にも腸チフスが流行ります。日露戦争で腸チフスに罹った兵隊たちは、まず戦場から日本に着いた港近くの病院に収容されますが、将校たちは青山胤通関係の東京帝国大学医科病棟で治療を受けているはずです。そうすると、少し離れた清水町に住み、東京帝国大学に通っていれば、遊びにきていた母親と兄が同時に腸チフスに感染したというのもうなずけます。しかも、母親はかなりの期間、帝国大学病院に入院しており、その後兄も感染して入院していたのですから、どれだけ高額の医療費がかかったのか、ということも想像出来る小説設定になっているわけです。

そうすると、自分の妻が死に、期待を掛けて帝国大学に入学させた長男も死んで葬式を出したあと、お世話になりましたと言って、平岡と長井代助の所に挨拶にきた父親は、いったいどういう状況だったのかが見えてきます。その後平岡と三千代の結婚を代助が仲立ちとなって実現させたのです。そのとき三千代の置かれていた状態を象徴することになるのが、代助の所に借金の依頼にきた三千代が、平岡と結婚するときに代助がプレゼントした真珠の指輪を指にはめていたことであり、その真珠の指輪がその後の大事な情報伝達の手段になるわけです。

指輪をめぐる代助と三千代の想い、そして「姦通罪」

経済的な状態は大丈夫ですかと心配して平岡の家を訪れた代助の目の前で、三千代は団扇《うちわ》で袖の下をあおいだりしていますから、三千代の腕や手とかが否応なく代助の目に着きます。

代助は平岡の経済の事が気に掛《かか》かった。正面から、この頃《ごろ》は生活費には不自由はあるまいと尋ねて見た。三千代はそうですねといって、また前の様な笑い方をした。代助がすぐ返事をしなかったものだから、

「貴方《あなた》には、そう見えて」と今度は向うから聞き直した。そうして、手に持った団扇を放り

出して、湯から出たての綺麗な繊《ほそ》い指を、代助の前に広げて見せた。その指には代助の贈った指輪《ゆびわ》も、他の指輪も穿《は》めていなかった。自分の記念を何時でも胸に描いていた代助には、三千代の意味がよく分った。三千代は手を引き込めると同時に、ぽっと赤い顔をした。

「仕方がないんだから、堪忍して頂戴《ちょうだい》」と云った。代助は憐《あわ》れな心持がした。

代助はその夜《よ》九時頃平岡の家を辞した。辞する前に、自分の紙入《かみいれ》の中に有るものを出して、三千代に渡した。その時は、腹の中で多少の工夫を費やした。彼は先《ま》ず何気なく懐中物《かいちゅうもの》を胸の所で開けて、中にある紙幣を、勘定もせずに攫《つか》んで、これを上げるから御使いなさいと無雑作《むぞうさ》に三千代の前へ出した。三千代は、下女《げじょ》を憚《はば》かる様な低い声で、

「そんな事を」と、却《かえ》って両手をぴたりと身体《からだ》へ付けてしまった。代助は然《しか》し自分の手を引き込めなかった。

「指輪を受取るなら、これを受取っても、同じ事でしょう。紙の指輪だと思って御貰《おもら》いなさい」

代助は笑いながら、こう云った。三千代はでも、余《あんま》りだからとまだ躊躇《ちゅうちょ》した。代助は、平岡に知れると叱《しか》られるのかと聞いた。三千代は叱られるか、賞められるか、明らかに分らなかったので、やはり愚図々々《ぐずぐず》していた。代助は、叱られるなら、平岡に黙っていたらよかろうと注意した。三千代はまだ手を出さなかった。代助は無論出したものを引き込める訳には行かなかった。やむをえず、少し及び腰になって、掌《てのひら》を三千代の胸の側《そば》まで持って行った。同時に自分の顔も一尺《しゃく》ばかりの距離に近寄せて、

「大丈夫だから、御取んなさい」と確《しっか》りした低い調子で云った。三千代は顎《あご》を襟の中へ埋《うず》めるように後《あと》へ引いて、無言のまま右の手を前へ出した。紙幣はその上に落ちた。その時三千代は長い睫毛《まつげ》を二、三度打ち合わした。そうして、掌に落ちたものを帯の間に挟んだ。

ここは、『それから』の中でも最も劇的な場面の一つだと私は思っています。代助は平岡の家を訪ねるのですが、平岡は留守で、湯から帰った三千代との対話になります。その時、代助に借金の依頼にきた時の三千代は、代助からもらった真珠の指環を上にして見せていたわけです。下の手にも指輪をしていますが、それは夫の平岡からもらったものでしょう。

そうすると、この時、夫よりも貴方の記念を私は大事にしているのよ、というアピールをしながらも、見方によれば、代助から借金をするために、ある種の媚《こ》びを示していたとも考えられます。

代助は、実家に行った時に、旅行するからとお金を兄か父からもらい、かなりの現金がたまたま財布に入っていたのです。三千代は、風呂上がりに、かつて代助に借金を依頼しに行った時に見せた両手を代助の前に広げてみせ、そこに指環がないことを明示します。代助は、指環は生活費を工面するために質屋に入れられたのだなと理解し、旅費としてもらったお金を財布から出し、依頼された額よりは少なかったけれど、三千代にわしづかみで渡そうとします。三千代は一旦拒みますが、それを受け取ります。これが何を意味するのか、もらったお金はどうしたのでしょうか。

数日後の夜、代助はもう一度平岡の家に行ってみます。平岡はまだ帰っておらず、三千代は「退屈だから張物をしていた所だ」と言い、代助は「結構な身分ですね」と冷やかします。十三章です。

三千代は自分の荒涼《こうりょう》な胸の中《うち》を代助に訴える様子もなかった。黙って、次の間《ま》へ立って行った。用箪笥《ようだんす》の環《かん》を響かして、赤い天鵞絨《ビロウド》で張った小さい箱を持って出て来た。代助の前へ坐《すわ》って、それを開けた。中には昔し代助の遺った指環《ゆびわ》がちゃんと這入っていた。三千代は、ただ

「いいでしょう、ね」と代助に謝罪するようにいって、すぐまた立って次の間へ行った。そうして、世の中を憚《はば》かるように、記念の指輪をそこそこに用箪笥に仕舞って元の座に戻った。代助は指環に就ては何事も語らなかった。

そして三千代は、平岡の「近来の模様」を、代助から「尋ね」られて語ったうえで、北海道にいる父親からきた手紙を代助に読ませます。

手紙には向うの思わしくない事や、物価の高くて活計《くらし》にくい事や、親類も縁者もなくて心細い事や、東京の方へ出たいが都合はつくまいかという事や、――凡《すべ》て憐《あわ》れな事ばかり書いてあった。代助は叮嚀《ていねい》に手紙を巻き返して、三千代に渡した。その時三千代は眼の中に涙を溜《た》めていた。

三千代の父はかつて多少の財産と称《とな》えらるべき田畠《たはた》の所有者であった。日露戦争の当時、人の勧《すすめ》に応じて、株に手を出して全く遣り損《そく》なってから、潔《いさぎ》よく祖先の地を売り払って、北海道へ渡ったのである。その後《ご》の消息は、代助も今この手紙を見せられるまで一向《いっこう》知らなかった。親類はあれどもなきが如しだとは三千代の兄が生きている時分よく代助に語った言葉であった。果たして三千代は、父と平岡ばかりを便《たより》に生きていた。
「貴方《あなた》は羨《うらや》ましいのね」と瞬《またた》きながら云った。代助はそれを否定する勇気に乏しかった。

この『それから』という小説における腸チフスという感染症の持つ意味を振り返ってみましょう。日露戦争の戦場から帰還した将校たちが、東京帝国大学付属医科大学病院で治療を受けていましたが、それが病院の近くに住むさまざまな人に腸チフスを感染させる要因になってしまいました。三千代の母が感染し、それを見舞いに行った兄も感染してしまいました。三千代の属している菅沼家の跡取りが失われただけでなく、日露戦争中の株の失敗と、高額の医療費で父親も財産を失うことになります。日露戦争の最終段階の時期であったがゆえに、父親は軍需産業に投資をすれば儲かるからと知人から言われて、おそらく軍需産業に自らの財産を投資し続けていたのでしょう。しかしポーツマス講和条約が結ばれ、一切の賠償金なしに日露戦争が終わってしまい、それらの投資はまったく無意味になってしまいました。ちょうどその戦争が終わる頃に、妻が帝国大学病院に腸チフスで入院し、期待をしていた帝国大学生の息子も入院して、二人とも死んでしまったのです。医療費と戦争の敗北によって財を失った父親は、北海道へ移住せざるをえなくなりました。菅沼家はこれで崩壊するわけです。そして、平岡の元に嫁いだ三千代だけを頼りに、北海道の父親は手紙を書いてきているのです。

三千代は代助に、あなたから貰ったお金は生活費に使ったのではなくて、質屋に預けた指環を出すために使ったのよと、指輪を見せることで表明しました。しかしそれが姦通罪《かんつうざい》に関わっていないのかどうかと考えてみると、質屋というのが重要となります。質屋というのは、預けた質草に応じてお金を貸し、貸した日数分の利子を借りた人から取るわけです。平岡から生活費がもらえなかったわけですから、指輪を質に入れたその利子を含めた借金で、三千代は生活をしていたのです。つまり、代助からもらったお金で、預けていた指環を受けだしてきたことは、質屋に預けていた日数分の利子でも支払っていたのです。代助からもらった札束を直接生活費に使わなかったからといって、代助から生活費の援助を受け入れなかったことにはならないわけです。これは、民事裁判にかけられれば、代助が渡したお金をめぐって、姦通罪のさまざまな罪状が議論されたにちがいない、というきわどいところで、『それから』という小説は成り立っているわけです。

その背後には、日露戦争において、東京帝国大学病院周辺での、入院している将校から周辺住民への感染症の広がりがどういう状態であったかということが、この小説の状況設定の一番大事なところなのです。

作中人物たちの人生の大きな悲劇的転換は、感染症としての「腸チフス」に、菅沼の母が清水町に来たことにで感染し、見舞いに行った帝大生の息子も感染し、二人とも命を落とし、三千代が一人残され、菅沼の父が破産するという、日露戦争の戦中戦後の感染症の広がりによってもたらされたのです。

第Ⅳ章 『門』

本章では、夏目漱石の前期三部作と言われる長編小説の三番目の『門』について分析します。六年前に結婚した宗助と御米夫婦の過去には、インフルエンザで転地療養をしていたときの、友人安井に対する裏切りがありました。感染症としてのインフルエンザが、多くの人々の運命を左右した、夏目漱石の時代について考察します。

胡坐をかけず、胎児にこだわる宗助

小説の冒頭、ある秋の一日の、宗助と御米夫婦の姿です。

宗助《そうすけ》は先刻《さっき》から縁側《えんがわ》へ座蒲団《ざぶとん》を持ち出して、日当たりの好さそうな所へ気楽に胡座《あぐら》をかいて見たが、やがて手に持っている雑誌を放《ほう》り出すと共に、ごろりと横になった。秋日和《あきびより》と名のつく程の上天気なので、往来を行く人の下駄《げた》の響《ひびき》が、静かな町だけに、朗《ほが》らかに聞えて来る。肘枕《ひじまくら》をして軒から上を見上げると、奇麗《きれい》な空が一面に蒼《あお》く澄んでいる。その空が自分の寐《ね》ている縁側の窮屈な寸法に較《くら》べてみると、非常に広大である。たまの日曜にこうして緩《ゆっ》くり空を見るだけでも大分《だいぶ》違うなと思いながら、眉《まゆ》を寄せて、ぎらぎらする日を少時《しばらく》見詰めていたが、眩《まぼ》しくなったので、今度はぐるりと寐返りをして障子の方を向いた。障子の中では細君が裁縫《しごと》をしている。

「おい、好《い》い天気だな」と話し掛けた。細君は、

「ええ」と云ったなりであった。宗助も別に話がしたい訳でもなかったと見えて、それなり黙ってしまった。しばらくすると今度は細君の方から、

「ちっと散歩でもしていらっしゃい」といった。しかしその時は宗助がただうんという生返事を返しただけであった。

二、三分して、細君は障子の硝子《ガラス》の所へ顔を寄せて、縁側に寝ている夫の姿を覗《のぞ》いて見た。夫はどういう了見か両膝《りょうひざ》を曲げて海老《えび》の様に窮屈になっている。そうして両手を組み合わして、その中へ黒い頭を突っ込んでいるから、肱《ひじ》に挟まれて顔がちっとも見えない。

障子自体が明かり取りなのですが、ガラスをはめるとさらに明かりがよく入ってきます。日清日露の戦間期にガラス生産の技術が、軍事産業と結びつきながら急速に発展し、一般家庭にもガラス障子が入るようになったのです。「細君」は、明かりが入ってくるところで裁縫をしています。漢字で「裁縫」と書いてありますが、「しごと」とわざわざルビがふってあります。女性が行う縫い物のことを、「しごと」とわざわざルビをふるのは、夏目漱石の文学の一つの特徴です。それは、『硝子戸の中』という、唯一の自伝的なエッセイ集を読んでいただくと、漱石夏目金之助の記憶に残っている実の母の姿が出てきます。それは、老眼鏡をかけて縫い物をする母の姿で、それが小説の中の女性たちに重ねられている、と私は考えています。

硝子戸の入った障子と縁側との間で、障子を閉めて仕事をしている細君に、縁側に出て日向ぼっこをしていた夫の宗助が声をかける、ただそれだけの場面なのです。この夫については、「宗助は仕立卸《したておろ》しの紡績織《ぼうせきおり》の脊中《せなか》へ、自然《じねん》と浸《し》み込んで来る光線の暖味《あたたかみ》を、襯衣《シャツ》の下で貪《むさぼ》る程味《あじわ》いながら」と書かれています。「仕立卸《したておろ》しの」ということは、宗助の妻の御米が、夫が家でくつろぐ日曜日に間に合うように土曜日までに秋物の着物を仕立てたことを指しています。これについては、中国の受講生の皆さんには日本の明治時代の和服文化の話を若干しておく必要があります。だいたい、早い春の少し寒さが残っている時期の春物、五月以降の少し汗ばむ頃、梅雨の時期の夏の薄物、そして秋物、冬物というふうに、季節、季節に応じた布で着物を仕立て直し、その季節が終わったらほどいて洗います。着物はほどくと四枚の真っ直ぐな布に変貌します。洗い張りといって、糊《のり》をつけてピンと張って干し、真っ直ぐにして、くるくると巻いて反物状態にして、箪笥《たんす》に仕舞っておくというのが日本の和服文化なわけです。宗助は役人ですから、ウィークデーは洋服を着て出勤し、家に帰ってきたらくつろぐために洋服を脱いで和服に着替え、日曜日は休みですから和服で一日中くつろいで過ごす、という場面が何度も『門』という小説には出てきます。

季節が変わるので、妻の御米は、土曜日の間に秋物の和服を仕立てようと一生懸命に縫《ぬ》い物をしていたのです。仕立て卸しというのは仕立てたばかりということであり、真っ直ぐな布を縫い合わせるわけですから、出来上がりの段階では縫い目のところがまだ凸凹《でこぼこ》しています。それで必ず、座布団の下にたたんで敷くという座り押しをしたり、寝押しといって布団の下に着物を敷いて寝ることによって、縫い目の凸凹をなくしたのです。昔はまだ電気アイロンがありませんでしたから、小さな火鉢にコテを入れて、それで縫い目を伸ばしていたりもしました。そうやって季節毎に衣替えをしていたわけです。ですから、妻の御米は、夫に日曜日にくつろいでもらおうと思って、土曜日までに秋物を仕立て卸したのです。おそらく今、障子の向こう側で仕立てているのは御米自身の秋物でしょうから、衣替えの秋の日だということがわかるわけです。

宗助は縁側に寝転がっていますが、その姿勢に注目してください。『門』という長編小説を読み終わるときに、この冒頭の姿勢がきわめてわずかではあるが、微妙に変わったという記述があり、それが深長な小説的な意味を持ってくるからです。

まず、胡坐をかいていることの意味についてです。『門』という小説の題名は、宗助が過去に裏切った安井という友人のことを思い出して、その安井がもしかしたら、坂の上の大家さんの所に現れるかもしれないという恐怖を抱いていることと結びついています。宗助が安井の恋人だった御米と結婚してしまった、ということが、『門』という小説を読み進めるとわかってきます。安井が大家のところに現れるかもしれないと知った宗助は、御米を東京において、鎌倉の禅寺に参禅に行ってしまいます。安井が現れるかもしれないという危機感から、一人で逃亡するというのが、鎌倉での参禅ということになります。そのときに、お前は「門」の前で佇《たたず》んでいるだけの人間だという声が聞こえてくるというのが、『門』という小説の題名になっていると、大方は理解されているのですが、『門』という小説の題名とも深く関わるのが、この冒頭の設定だと私は考えています。

つまり、参禅をするということは、達磨《だるま》大師に象徴されるように、胡坐をかいて、座り続けて悟りを開くわけです。そういう題名を持っている小説なのに、主人公は「日当りの好《よ》さそうな所へ気楽に胡坐をかいてみたが、やがて手に持っている雑誌を放り出すと共に、ごろりと横になった」というのが第一文です。つまり、この人物は胡坐もかけず、悟りも開けない奴だということを明示する出だしになっているわけです。日曜日で、御米さんの計らいで、せっかくリラックスできる和服に着替えているのに、いったんごろりと横になっていたのが、ふっと御米がのぞいてみると、「夫はどう云う了見か両膝《りょうひざ》を曲げて海老《えび》の様に窮屈になっている。そうして両手を組み合わして、その中へ黒い頭を突っ込んでいるから、肱《ひじ》に挟まれて顔がちっとも見えない」のです。関心のある方は是非この姿勢をして、どれだけ窮屈なのか、何分間耐えられるのかを、試していただきたいと思います。膝を抱いて頭をその中に入れ込んでいる姿勢というのは、母親の胎内にいる胎児の姿勢です。宗助が、一方で、胡坐をかけない、座禅を組めない、悟りをひらけない男だということが提示され、他方で、胎児にこだわっている夫であるということの二つが、『門』という長編小説の題にかかわる重要な設定です。漱石が、長編小説全体の構想を頭の中に入れ込んで、どれだけ戦略的に冒頭の幾つかの文章で布石を打っていっているかが伺われるわけです。

そして、「近来」の「近」の字がわからないという、この宗助という男は、大げさに言うと、いわば記憶喪失、しかも、「近来」のことを忘れているという設定になっています。これもまた、小説の後半に向かって読み進めていく上で大事な設定となります。

伊藤博文暗殺事件をめぐる兄と弟、そして兄の妻との会話

さて、この日曜日は、秋のいったいいつなのか、ということですが、このすぐ後に、宗助が散歩に出て戻ってくると、弟の小六が来ています。

ここで『門』という小説のストーリーについてあらかじめ説明しておきますと、主人公の宗助は安井という京都帝国大学時代の友人の愛人御米を奪うという恋愛事件を起こして、父親から勘当され、実家にも出入り禁止になります。まだ小さかった弟の小六は東京にいましたが、父親が死んでしまい、小六は父親の弟である叔父のところに預けられます。宗助が出入り禁止になって東京には戻ってこられない間、小六は叔父のところで中学校に行き、そこでの受験競争を乗り越えて高等学校に進学し、今が高等学校を卒業する最後の年なのです。しかし、叔父が亡くなってしまい、叔父の跡を継いだ安之助という従兄《いとこ》は小六の養育費を払いきれないと言います。もう少しがんばれば高等学校を卒業し帝国大学へ進学できるわけです。そういう状況の中で、折角ここまでがんばったのに進学をあきらめなければならないのか、という相談に小六がやってくるのが、この長編小説冒頭のある秋の日曜日なのです。この日がいつなのかがはっきりするのが、夕食の場面の三人の会話においてです。宗助の妻の御米が準備した夕食を食べながら、小六がこんなことを話題にします。第三章です。

「時に伊藤《いとう》さんも飛んだ事になりましたね」といい出した。宗助は五、六日前伊藤公暗殺の号外を見たとき、御米の働いている台所へ出て来て、「おい大変だ、伊藤さんが殺された」と云って、手に持った号外を御米のエプロンの上に乗せたなり書斎へ這入《はい》ったが、その語気からいうと、むしろ落ち付いたものであった。

「貴方《あなた》大変だって云うくせに、些《ちっ》とも大変らしい声じゃなくってよ」と御米が後《あと》から冗談半分にわざわざ注意した位である。その後日毎《ごひごと》の新聞に伊藤公の事が五、六段ずつ出ない事はないが、宗助はそれに目を通しているんだか、いないんだか分らないほど、暗殺事件については平気に見えた。夜帰って来て、御米が飯の御給仕をするときなどに、「今日も伊藤さんの事が何か出ていて」と聞く事があるが、その時には「うん大分《だいぶ》出ている」と答える位だから、夫の隠袋《かくし》の中に畳んである今朝の読殻《よみがら》を、後から出して読んで見ないと、その日の記事は分らなかった。御米もつまりは夫が帰宅後の会話の材料として、伊藤公を引合に出す位のところだから、宗助が進まない方向へは、たって話を引張たくはなかった。それでこの二人の間には、号外発行の当日以後、今夜小六がそれをいい出したまでは、公には天下を動かしつつある問題も、格別の興味を以《もっ》て迎えられていなかったのである。

「どうして、まあ殺されたんでしょう」と御米は号外を見たとき、宗助に聞いたと同じ事を又小六に向って聞いた。

「短銃《ピストル》をポンポン連発したのが命中したんです」と小六は正直に答えた。

「だけどさ。どうして、まあ殺されたんでしょう」

小六は要領を得ない様な顔をしている。宗助は落付いた調子で、

「やっぱり運命だなあ」と云って、茶碗の茶を旨《うま》そうに飲んだ。御米はこれでも納得が出来なかったと見えて、

「どうして又満州などへ行ったんでしょう」と聞いた。

「本当にな」と宗助は腹が張って充分物足りた様子であった。

「何でも露西亜《ロシア》に秘密な用があったんだそうです」と小六が真面目《まじめ》な顔をして云った。御米は、

「そう。でも厭《いや》ねえ。殺されちゃ」と云った。


この安重根《あんじゅうんぐん》による伊藤博文の暗殺事件をめぐる兄と弟と兄の妻、この三人の会話を読むことによって、虚構の小説の中の時間が、実際の歴史的な時間と結び合って、新聞連載小説として読んでいる読者と、新聞というメディアそのものを結んで記憶を蘇らせる設定になっています。新聞連載小説の中で、新聞記事のことを話題にしている自己言及的な設定になっているわけです。しかも、新聞を読むことをめぐって家庭内における男女差別があったということまで見えてきます。つまり朝きた新聞は、勤めに出ている夫が持って出かけ、暇を持て余す通勤電車の中でそれを行

き帰りに読んで、仕事に出た時の洋服の内ポケットに、帰宅後もそのまま放置してあるわけです。ですから、妻が今日のニュースを知るためには、自ら夫の背広の内ポケットから新聞を取り出して読まないとわからないわけです。ある時期まで、外出をするときには洋服を着て、帰ったら和服に着替えてくつろぐというのは、日本の働く男性の基本的な服装のパターンでした。

日曜日の五、六日前に伊藤公暗殺の号外が出たと書かれているのは、伊藤博文がハルビンの駅頭で、韓国の愛国者である安重根によって射殺された事件のことです。ロシアの特使ココフツォフと、満州・朝鮮問題について非公式に話し合うために伊藤が訪れたハルビン駅での出来事です。日露戦争が終わった段階では、大日本帝国は大韓帝国の独立を保証するということをポーツマス講和条約で約束しているにもかかわらず、伊藤博文が韓国の皇太子を手なずけながら、属国にしていくという密約を結ぶ交渉が、ハルビン駅の汽車の中で行われ、降りてくるところを安重根に射殺されたのです。それが一九〇九年一〇月二六日であり、『門』の始まりの日は日曜日と特定しているわけですから、その五、六日後の日曜日は、一〇月三一日しかありません。こうして、フィクショナルな小説の時間が現実の歴史的な時間として、読者の記憶から蘇ってくることになっているわけです。

小説『門』の物語内部の時間は、一九〇九年一〇月三一日から始まるのですが、実際の連載は一九一〇年の三月からであり、ここから『門』を読み始めた読者の記憶にとっては、安重根の存在は生々しいわけです。一九一〇年二月一四日に、旅順の関東都督府地方法院で安重根の死刑判決が出て裁判が終わりますが、そこで安重根が何を主張したのかということが、二月の中旬以降、全ての日本の新聞記事に載っています。安重根は伊藤博文を殺すに至る意図を裁判で主張し、伊藤博文が韓国に対して犯した「一五の大罪」ということも記事に大きく載っていたわけです。ですから、愛国者である安重根がなぜ伊藤博文を暗殺するに至ったかという真相を、ほぼ全ての新聞を読んでいた大日本帝国臣民が知っていく時期が二月の半ばから三月にかけてで、『門』の連載が始まるときには、安重根はなかなか優れた愛国者であるという発言を新聞紙上でする人まで現れていました。伊藤博文こそが外交的な信頼を裏切ったのではないかという、国際条約違反の韓国併合によって韓国を大日本帝国の植民地にしてしまうということに対する批判が、メディアで湧き上がってくる時期でもあったのです。ですから、この設定は、小説の中では何気ない夕食の風景ですが、新聞連載小説を読んでいる読者にとってみれば、とても生々しい現在進行形の出来事を想起させせられるわけで、まもなく安重根の死刑が執行されるという情報が載り、三月二六日には実際に安重根の死刑が執行されました。検閲をくぐり抜けて、そういう最もホットな話題を読者と共有するという点において、フィクショナルな小説設定を借りることによって生々しいニュース報道と渡り合っていく、という書かれ方がされている小説が『門』であることを、ぜひ再認識していただきたいと思います。

御米は三回にわたって、高等教育を受けた二人の男性に、「どうして殺されたんでしょう」と、伊藤博文の暗殺の理由を聞いているわけです。この時点では、小説内のフィクショナルな時間の中では、一九〇九年一〇月二六日の後の日曜日ですから、まだ真相は明らかにされていません。連載されている「朝日新聞」の前日の一〇月三〇日の土曜日の記事の見出しは、小六の言うように、「短銃《ピストル》をポンポン」と三連発したというものでした。小六は新聞を読んで、兄嫁に説明しているのですが、御米は納得しません。「どうして、まあ殺されたんでしょう」と三回も男性たちに問いかけるということは、『門』が始まる前の二月の新聞には、安重根が射殺に至る伊藤博文の「一五の大罪」をめぐる詳細が同じ「朝日新聞」に書かれていたわけですから、読者たちははっきりしない小六に代わって、御米に教えてあげたいという欲望をかき立てられるような設定なのです。

叔父の裏切りによる遺産相続の失敗、宗助の腸チフス感染

「近来」の記憶が健忘症になっている宗助と御米夫婦の話なのですが、なぜ小六が相談に来たのかといえば、高等学校を卒業して帝国大学に進学したいと願っているからです。そこで宗助が思い出すのは、長男である自分は、京都帝国大学に入ったのに卒業できなかったという過去の記憶です。宗助と御米の過去が初めて読者に紹介されるのが第四章です。宗助には、佐伯という小六が世話になっている叔父《おじ》がいました

二年の時宗助は大学を去らなければならない事になった。東京の家《うち》へも帰えれない事になった。京都からすぐ広島へ行って、其所に半年ばかり暮らしているうちに父が死んだ。母は父よりも六年ほど前に死んでいた。だから後には二十五、六になる妾《めかけ》と、十六になる小六が残っただけであった。

佐伯から電報を受け取って、久し振りに出京した宗助は、葬式を済ました上、家《うち》の始末をつけようと思って段々調べてみると、有ると思った財産は案外に少なくって、かえってないつもりの借金が大分《だいぶ》あったに驚ろかされた。叔父《おじ》の佐伯に相談すると、仕方がないから邸《やしき》を売るが好かろうと云う話であった。妾は相当の金を遣ってすぐ暇を出す事に極《き》めた。小六は当分叔父の家に引き取って世話をしてもらう事にした。しかし肝心の家屋敷はすぐ右から左へと売れる訳には行かなかった。仕方がないから、叔父に一時の工面を頼んで、当座の片を付けて貰った。叔父は事業家で色々な事に手を出しては失敗する、云わば山気《やまぎ》の多い男であった。宗助が東京にいる時分も、よく宗助の父を説き付けては、旨《うま》い事を云って金を引き出したものである。宗助の父にも慾《よく》があったかも知れないが、この伝《でん》で叔父の事業に注《つ》ぎ込んだ金高《かねだか》は決して少ないものではなかった。

父の亡くなったこの際も、叔父の都合は元と余り変っていない様子であったが、生前の義理もあるし、またこういう男の常として、いざという場合には比較的融通の付くものと見えて、叔父は快よく整理を引き受けてくれた。その代り宗助は自分の家屋敷の売却方《かた》について

一切の事を叔父に一任してしまった。早くいうと、急場の金策に対する報酬として土地家屋を提供したようなものである。叔父は、

「何しろ、こういうものは買手を見て売らないと損だからね」といった。

道具類も積《せき》ばかり取って、金目にならないものは、悉《ことごと》く売り払ったが、五、六幅《ぷく》の掛物《かけもの》と十二、三点の骨董品《こっとうひん》だけは、やはり気長に欲しがる人を探さないと損だと云う叔父の意見に同意して、叔父に保管を頼む事にした。凡《すべ》てを差し引いて手元に残った有金《ありがね》は、約二千円ほどのものであったが、宗助はその内の幾分を、小六の学資として、使わなければならないと気が付いた。然し月々自分の方から送るとすると、今日《こんにち》の位置が堅固でない当時、甚《はなは》だ実行しにくい結果に陥りそうなので、苦しくはあったが、思い切って、半分だけを叔父に渡して、何分宜《よろ》しくと頼んだ。自分が中途で失敗《しくじ》ったから、責《せ》めて弟だけは物にしてやりたい気もあるので、この千円が尽きたあとは、又どうにか心配も出来ようし又してくれるだろう位の不慥《ふたしか》な希望を残して、又広島へ帰って行った。

それから半年ばかりして、叔父の自筆で、家はとうとう売れたから安心しろと云う手紙が来たが、いくらに売れたとも何とも書いてないので、折り返して聞き合わせると、二週間ほど経《た》っての返事に、優に例の立替を償うに足る金額だから心配しなくても好《い》いとあった。宗助はこの返事に対して少なからず不満を感じたには感じたが、同じ書信の中に、委細は何れ御面会の節云々《うんぬん》とあったので、すぐにも東京へ行きたいような気がして、実はこうこうだが

と、相談半分細君に話してみると、御米は気の毒そうな顔をして、

「でも、行けないんだから、仕方がないわね」と云って、例の如く微笑した。その時宗助は始めて細君から宣告を受けた人のように、しばらく腕組をして考えたが、どう工夫したって、抜ける事の出来ない様な位地と事情の下《もと》に束縛されていたので、ついそれなりになってしまった。

仕方がないから、なお三、四回書面で往復を重ねて見たが、結果はいつも同じ事で、版行《はんこう》で押した様にいずれ御面会の節を繰り返して来るだけであった。

「これじゃ仕様がないよ」と宗助は腹が立ったような顔をして御米を見た。三カ月ばかりして、漸《ようや》く都合が付いたので、久し振りに御米を連れて、出京しようと思う矢先に、つい風邪を引いて寐たのが元で、腸窒扶斯《ちょうチフス》に変化したため、六十日余りを床の上に暮らした上に、あとの三十日ほどは充分仕事も出来ない位衰えてしまった。

病気が本復してから間もなく、宗助はまた広島を去って福岡の方《かた》へ移らなければならない身となった。移る前に、好《い》い機会だからちょっと東京まで出たいものだと考えているうちに、今度も色々の事情に制せられて、ついそれも遂行せずに、やはり下り列車の走る方《かた》に自己の運命を托した。

宗助は、父親が死んで借金も残っていたので後始末をし、叔父から当座のお金として二千円を

借りて、半分の千円を叔父のところに預けた弟の小六の養育費にあて、残りの千円を持って就職していた広島に戻ります。小説の始まる時点で御米と宗助の結婚からだいたい六年になるとすると、小説内部の時間が流れ始める一九〇九年一〇月三一日の日曜日から計算すると、一九〇三年、日露戦争の勃発の直前ということになります。事件を起こして御米と一緒になり、京都帝国大学を卒業しないのに、宗助に働き口があったのは、日露戦争直前に広島の呉に行ったからです。呉には海軍の砲兵工廠があり、そこで軍艦を作り続けており、石炭や鉄鋼がどんどん集まってくるという場所だったから、宗助に職があったのです。従って戦時下では絶対に仕事を休めませんから、叔父に土地が処分できたと言われても、宗助は東京に戻ることができなかったのです。

暮らしに少し目処《めど》がついて、さあという時に、広島の呉には、日露戦争中にさまざまな感染症に罹った傷病兵たちが運ばれてきて病院に入ります。戦場で流行っていた腸チフスについては、『それから』の東大病院の裏の清水町と同じ設定ではありませんが、病兵も含めて戦場である大陸から帰還した兵士たちが降り立つのが軍港呉のある広島という土地です。東大病院の近くより、はるかに感染の危険は生々しい状況にありました。広島に戻った宗介は腸チフスに罹ってしまいます。当時は病気休暇などの制度はありませんでしたから、勤めていた所を首になってしまったはずです。日露戦争が終わり、石炭と鉄鋼には国費が入ってさまざまな開発が行われていましたから、その拠点である九州に宗助は職場を探して引っ越します。それで叔父が売ったという、父親が所有していた家屋敷の処分の経緯と経費は確認できないままになりました。結果として知らされたのは、叔父が家を売ったお金で神田に土地を買い、そこに賃貸住宅を建てたのですが、火災保険を掛ける前に火事になって焼けてしまい、お金は一切残っていないという叔母からの手紙でした。まさに、御米との恋愛事件を起こしたがゆえに、父親から勘当されて野中家の遺産相続に失敗し、家を継げなかった長男が宗助だということになります。

野中家の唯一の財産としての酒井抱一の屏風の行方

野中家の父親の遺産が残り、それが『門』という長編小説の人間関係を作り出していくきっかけになります。叔母から、もうお金は残っていないけれども、宗助が相続する遺産の一部として酒井抱一《ほういつ》という、夏目漱石がとても好きだった、大名家に生まれたが三男だったために家の跡は継げないので画家になったという、いわく付きの江戸時代の画家の屏風《びょうぶ》が残っていたのです。

父は正月になると、きっとこの屏風を薄暗い蔵の中から出して、玄関の仕切りに立てて、その前へ紫檀《したん》の角《かく》な名刺入を置いて、年賀を受けたものである。その時は目出度《めでたい》からというので、客間の床《とこ》には必ず虎の双幅《そうふく》を懸けた。これは岸駒《がんく》じゃない岸岱《がんたい》だと父が宗助にいって聞かせた事があるのを、宗助はいまだに記憶していた。この虎の画には墨が着いていた。虎が舌を出して谷の水を呑《の》んでいる鼻柱が少し汚《けが》されたのを、父は苛《ひど》く気にして、宗助を見る度に、御前此所《ここ》へ墨を塗った事を覚えているか、これは御前の小さい時分の悪戯《いたずら》だぞと云って、可笑《おか》しいような恨めしいような一種の表情をした。

宗助は屏風の前に畏《かしこ》まって、自分が東京にいた昔の事を考えながら、

「叔母さん、じゃこの屏風は頂戴《ちょうだい》して行きましょう」と云った。

野中宗助の父親が残した唯一の形見、遺品が、この抱一の屏風なのです。この二枚折の屏風の絵柄について、直前にこう書いてありました。

下に萩《はぎ》、桔梗《ききょう》、芒《すすき》、葛《くず》、女郎花《おみなえし》を隙間《すきま》なく描《か》いた上に、真丸《まんまる》な月を銀で出して、その横の空《あ》いた所へ、野路《のじ》や空《そら》月の中なる女郎花、其一《きいち》と題してある。宗助は膝《ひざ》を突いて銀の色の黒く焦げた辺《あたり》から、葛の葉の風に裏を返している色の乾いた様から、大福ほどな大きな丸い朱の輪郭《りんかく》の中に、抱一《ほういつ》と行書で書いた落款《らっかん》をつくづくと見て、父の生きている当時を憶《おも》い起さずにはいられなかった。

この父の遺した屏風で、野中家が明治という時代において、どれだけの家だったかがわかるようになっています。この屏風は、正月になると必ず出して玄関の仕切りにし、その前に、紫檀で

作った名刺入れを置いて、正月の年始訪問者の応対をしたのです。宗助の父が明治官僚社会の中で、どれだけ偉かったかということがわかります。正月にたくさんの人が年賀の挨拶にやってきますが、家の中まで入れるのはごくわずかの親密な付き合いのある人だけで、あとは、年賀にきましたということを証するために名刺を入れていくのです。招かれて座敷に入れてもらった人たちは、床の間に飾った掛け軸を見ますが、その掛け軸は、子どもの頃の宗助が悪戯して、虎の鼻に墨が付いているのです。宗助の父親が持っていた東京の屋敷がどれだけ大きかったか、どのくらい高く売れたかは、後に出てきますが、宗助の家にはお抱えの車夫がいたと書かれています。お抱えの車夫の数は明治の中頃で三六〇〇人ぐらいと言われていましたので、宗助の父が高級役人の一人だったことがわかります。家屋敷全部を売り払ったお金を弟である叔父は全て自分のものにしてしまい、父の遺産相続に失敗したのが長男の野中宗助です。宗助が腸チフスに罹って長患いをし、広島の職場を首になるという災いのすべては、日露戦争の帰還兵がもたらした感染症でした。そして、父親の遺産相続に失敗してしまった元々の要因が何かというと、それは御米との恋愛事件でした。東京に戻ってきた時、御米は宗助にこう言います。第六章です。

「小六さんは、まだ私《わたくし》の事を悪《にく》んでいらっしゃるでしょうか」と聞き出した。宗助が東京へ来た当座は、時々これに類似の質問を御米から受けて、その都度慰めるのに大分《だいぶ》骨の折れた事もあったが、近来は全く忘れたように何もいわなくなったので、宗助もつい気に留めなかったのである。

敏感なみなさんはお気づきになったと思いますが、ここで、宗助が忘れてしまった「近来」という字が出てきます。「近来」というのは、宗助の弟の小六が、宗助が御米と結婚したことを恨んでいるのではないか、ということであり、東京に来た御米と宗助が一緒になったのはどうしてかという過去がここで問題になっていくことになります。こうした一連の屏風の売却問題が、宗助御米夫婦の間での話題となります。

「貴方《あなた》、あの屏風《びょうぶ》を売っちゃいけなくって」と突然聞いた。抱一《ほういつ》の屏風は先達《せんだっ》て佐伯から受取ったまま、元の通り書斎の隅にたててあったのである。二枚折だけれども、座敷の位置と広さから云っても、実はむしろ邪魔な装飾であった。南へ廻すと、玄関からの入り口を半分塞《ふさ》いでしまうし、東へ出すと暗くなる、と云って、残る一方へ立てれば床の間を隠すので、

宗助は、

「折角親爺《おやじ》の記念《かたみ》だと思って、取って来たようなものの、仕様がないねこれじゃ、場塞《ばふさ》げで」

と零《こぼ》した事も一、二度あった。

屏風が邪魔だというところから、借家である宗助の家の間取りがわかるようになっている、な

かなか工夫された小説表現なのですが、近くの道具屋に売りに行っても、高い値段を付けてくれません。御米が「ありゃ抱一ですよ」と言うと、その道具屋はこう言うのです。

道具屋は、平気で、

「抱一は近来流行《はや》りませんからな」と受け流したが、じろじろ御米の姿を眺めた上、

「じゃ猶《なお》能く御相談なすって」と云い捨てて帰って行った。

宗助は「七円や八円てえな、余り安いようだね」と、自分が勤めている役所で相場はいくらぐらいなのかと同僚に相談したりして値をつり上げていると、道具屋が一五円にしてくれと言います。第六章の最後の数行です。

すると道具屋が来て、あの屏風を十五円に売ってくれと云い出した。夫婦は顔を見合して微笑《ほほえ》んだ。もう少し売らずに置いて見ようじゃないかといって、売らずに置いた。すると道具屋がまた来た。また売らなかった。御米は断るのが面白くなって来た。四度目《よたびめ》には知らない男を一人連れて来たが、その男とこそこそ相談して、とうとう三十五円に値《ね》を付けた。その時夫婦も立ちながら相談した。そうして遂《つい》に思い切って屏風を売り払った。

最初は、一桁だったのが、三五円まで値がつり上がります。ここで大事なことは、社会から切り離されたようにひっそりと暮らしていた宗助と御米夫婦が、屏風を売るという社会的な行動に出ることによって、失われていた社会的な関係に開かれていくことになるという小説の設定です。小六は下宿代を払えなくなりますから、宗助の家に同居することになりますが、小六が引っ越してきた直後に、坂の上の大家である坂井さんの家に、泥棒が入ります。それで、泥棒が大事な物が入っているだろうと盗んだ手文庫を、逃げる際に崖下の宗助の家の敷地に落としてしまいます。その物音を御米が聞きつけて、朝起きて調べて見ると、手文庫が落ちています。それまで、家賃の払いは御米が坂井さんに届けていたのですが、宗助がその手文庫を持って坂井家に返しに行き、大家の坂井さんと初めて対面し、崖の上と下との関係が開けていくわけです。宗助と御米が道具屋に三五円で売った抱一の屏風を、坂井さんが道具屋から八〇円で買ったことを、このとき宗助は知らされることになるのです。九章の最後のところです。

主人は宗助を以てある程度の鑑賞家と誤解した。立ちながら屏風の縁《ふち》へ手を掛けて、宗助の面《おもて》と屏風の面とを比較していたが、宗助が容易に批評を下さないので、

「これは素性の慥なものです。出が出ですからね」と云った。宗助は、ただ、

「なるほど」と云った。

主人はやがて宗助の後《うしろ》へ回って来て、指で其所此所《そこここ》を指しながら、品評やら説明やらした。

その中《うち》には、さすが御大名だけあって、好《い》い絵の具を惜しげもなく使うのがこの画家の特色だから、色が如何にも美事であると云う様な、宗助には耳新しいけれども、普通一般に知れ渡った事も大分交っていた。

　宗助は好い加減な頃を見計らって、丁寧に礼を述べて元の席に復した。主人も蒲団の上に直った。そうして、今度は野路《のじ》や空云々《そらうんぬん》という題句やら書体やらについて語り出した。宗助から見ると、主人は書にも俳句にも多くの興味を有《も》っていた。


　御米の提案で、「横丁の道具屋」に「三十五円」で売った「抱一の屏風」を、坂の上に住む大家の坂井が、「八十円で買いました」と宗助にうちあけた瞬間、長男宗助による野中家の父の遺産相続に失敗し続ける物語は完結します。

　この出来事が語られた九章の末尾は「宗助と坂井とはこれから大分親しくなった」とあり、六年間社会から孤立して生きて来た宗助と御米夫婦が、外部との社会的な人間の関係性を取り戻していく方向に物語は転換していきます。

宗助夫婦に子どもがいない事情と腸チフス

まず下宿を出た「小六が引っ越して来」て同居するようになり、御米は心身ともに緊張して、やがて熱を出して床についてしまいます。「医者」に往診を依頼しに、小六が協力してくれます。次第に家族の一員となり、御米の体調も回復します。

宗助は年末になって「水道税」のことを問い合わせるために、大家の坂井を訪れると、そこに「甲斐の国」から「織屋《おりや》」が来ていて、「反物《たんもの》」を売り込んでいました。坂井夫婦からも勧められて、「宗助はとうとう御米のために銘仙を一反買う事にした」のです。そして新年に「宗助に着せる春の羽織をようやく縫い上げ」た御米に、この「銘仙」を渡します。

夫から坂井へ来ていた甲斐の男の話を聞いた時は、御米もさすがに大きな声を出して笑った。そうして宗助の持って帰った銘仙の縞柄と地合《ぢあい》を飽かず眺めては、安い安いと云った。銘仙は全く品《しな》の良《い》いものであった。

「どうして、そう安く売って割に合うんでしょう」としまいに聞き出した。

「なに中へ立つ呉服屋が儲《もう》け過ぎてるのさ」と宗助はその道に明るいような事を、この一反の銘仙から推断して答えた。

この後、宗助は坂井さんの家は子どもがたくさんいて賑やかだということを話題にしました。そして、年も押し迫ったその夜、御米は宗助に今まで隠して来た事を打ち明けます。

二人は何時も通りの十時過床に入《い》ったが、夫の眼がまだ覚めている頃を見計らって、御米は宗助の方を向いて話しかけた。

「貴方先刻《さっき》小供がないと淋《さむ》しくっていけないと仰《おっ》しゃってね」

宗助はこれに類似の事を普般的にいった覚は慥《たし》かにあった。けれどもそれは強《あな》がちに、自分たちの身の上について、特に御米の注意を惹《ひ》くために口にした、故意の観察でないのだから、こう改たまって聞き糺《ただ》されると、困るより外はなかった。

「私にはとても子供の出来る見込はないのよ」といい切って泣き出した。

宗助はこの可憐《かれん》な自白をどう慰さめていいか分別に余って当惑していたうちにも、御米に対して甚だ気の毒だという思が非常に高まった。

「子供なんざ、なくてもいいじゃないか。上の坂井さんみたように沢山生れて御覧、傍《はた》から見ていても気の毒だよ。まるで幼稚園のようで」

「だって一人も出来ないと極《きま》っちまったら、貴方だって好《よ》かないでしょう」

「まだ出来ないと極りゃしないじゃないか。これから生れるかも知れないやね」

御米はなおと泣き出した。

そして、泣き伏している御米が、今まで宗助に語れなかった事情を打ち明けるのです。宗助と御米夫婦の間では、流産や死産で三度妊娠したのに結果として子宝にはめぐまれなかった、という過去があるわけです。その理由について御米は「私にはとても子供の出来る見込はないのよ」と言い切って泣き出すのです。安井という友人を裏切るきっかけになったのは、宗助と御米との間に性交渉があったからであり、一人目の妊娠はその過去と関わるわけです。こうして、御米が身籠《みご》もったということが、安井という友人を二人が裏切って結婚し、家から勘当されて遺産の相続もままならず、父親の死に目にも立ち会えなかったということにつながっていくわけです。

始めて身重《みおも》になったのは、二人が京都を去って、広島に瘠世帯《やせじょたい》を張っている時であった。

京都で安井を裏切って御米と性的関係を結び、宗助は京都帝国大学を退学して広島に移らなければならなくなりました。日露戦争の直前ですから、帝国大学を退学になっても、呉軍港のあった広島には職がありました。御米との事件で父に勘当同然の扱いをされているわけですから、東京に出ることはできません。給料は少なかったはずですから、家事労働をする下女を雇うこともできずに、御米に総ての家事労働の負担がかかっていたわけです。御米が妊娠した子どもはどうなったのでしょうか。

ところが胎児は、夫婦の予期に反して、五カ月まで育って突然下《お》りてしまった。その時分の夫婦の活計《くらし》は苦しい苛《つら》い月ばかり続いていた。宗助は流産した御米の蒼《あお》い顔を眺めて、これも必竟《つまり》は世帯の苦労から起るんだと判じた。そうして愛情の結果が、貧《ひん》のために打ち崩されて、永く手の裡《うち》に捕える事の出来なくなったのを残念がった。御米はひたすら泣いた。

これが広島での一人目の流産です。宗助は明らかに自分の収入の少なさから御米に家事労働の負担をかけつづけた責任だと認めています。「世帯の苦労」とはそういう意味です。日露戦争が終わった頃宗助と御米は福岡へ移ります。

福岡へ移ってから間《ま》もなく、御米は又酸《す》いものを嗜《たし》む人となった。一度流産すると癖になると聞いたので、御米は万《よろず》に注意して、つつましやかに振舞っていた。そのせいか経過は至極順当に行ったが、どうした訳か、これという原因もないのに、月足らずで生れてしまった。産婆は首を傾けて、一度医者に見せるように勧めた。医者に診て貰《もら》うと、発育が充分でないから、室内の温度を一定の高さにして、昼夜とも変わらない位、人工的に暖めなければいけないといった。宗助の手際では、室内に暖炉《だんろ》を据え付ける設備をするだけでも容易ではなかった。夫婦はわが時間と算段の許す限りを尽して、専念に赤児《あかご》の命を護《まも》った。けれども凡ては徒労に帰した。一週間の後《のち》、二人の血を分けた情《なさけ》の塊は遂に冷たくなった。御米は幼児の亡骸《なきがら》を抱いて、

「どうしましょう」と啜《すす》り泣いた。宗助は再度の打撃を男らしく受けた。冷たい肉が灰になって、その灰が又黒い土に和《か》するまで、一口も愚痴らしい言葉は出さなかった。

一人目の時には下女も雇えていませんでした。その後、父親が死んで、千円を持って帰った後はしばらくは楽だったのですが、宗助が腸チフスに罹って広島の勤めを辞めなければならず、福岡で職を持ちました。この時に早産で未熟児の二人目が生まれたのです。「暖炉《だんろ》を据え付ける」ところまではお金がありましたが、十分に石炭を買って子どもを暖めることはできず、死なせてしまいました。ですから、二人目の子どもの早産と死までは、やはり宗助の経済的な責任ということになるわけです。

でも三人目のときの事情は違っていました。「三度目の記憶が来た。宗助が東京に移って始めの年」でした。友人の媒介で宗助が東京で役所勤めをするようになってから、御米はまた妊娠したのです。宗助は「能く気を付けないと危ないよ」と注意をしますが、御米はまた意外なしくじりをしてしまいます。

その頃はまだ水道も引いてなかったから、朝晩下女《げじょ》が井戸端へ出て水を汲《く》んだり、洗濯をしなければならなかった。御米はある日裏にいる下女に云い付ける用が出来たので、井戸《いど》流《ながし》の傍《そば》に置いた盥《たらい》の傍まで行って話をしたついでに、流《ながし》を向《むこう》へ渡ろうとして、青い苔《こけ》の生えている濡れた板の上へ尻持《しりもち》を突いた。

この後、出産予定日が来るまで、流産することなく「月が満ち」ます。

幸《さいわい》に御米の産気づいたのは、宗助の外《そと》に用のない夜中だったので、傍にいて世話の出来ると云う点から見れば甚だ都合が好かった。産婆も緩《ゆっ》くり間に合うし、脱脂綿《だっしめん》その他の準備も悉《ことごと》く不足なく取り揃えてあった。産も案外軽かった。けれども、肝心の小児《こども》は、ただ子宮を逃れて広い所へ出たというまでで、浮世の空気を一口も呼吸しなかった。産婆は細い硝子《ガラス》の管《くだ》の様なものを取って、小さい口の内《なか》へ強い呼息《いき》をしきりに吹き込んだが、効目《ききめ》はまるでなかった。生れたものは肉だけであった。夫婦はこの肉に刻み付けられた、眼と鼻と口とを髣髴《ほうふつ》した。然しその咽喉《のど》から出る声は遂に聞く事が出来なかった。

生まれるまでは、聴診器を当てて聞いていてもちゃんと胎内の赤ん坊の鼓動がしていました。

産婆の言うには、臍帯纏絡《さいたいけんらく》、つまり母親から子どもに栄養を伝えるへその緒が二重に首に絡まって、出産で子宮から出るときに絞首刑状態になってしまったということでした。これは明らかに自分の責任だと御米は受け止めます。御米は、三人目の子どもの死産から何とか産後の肥立ちを経て、易者の所に行くのですが、易者からこう言われます。第十三章の最後です。

「貴方には子供は出来ません」と落ち付き払って宣告した。御米は無言のまま、しばらく易者の言葉を頭の中で噛《か》んだり砕いたりした。それから、顔を上げて、

「何故《なぜ》でしょう」と聞き返した。その時御米は易者が返事をする前に、また考えるだろうと思った。ところが彼はまともに御米の眼の間を見詰めたまま、すぐ

「貴方は人に対して済まない事をした覚えがある。その罪が祟《たた》っているから、子供は決して育たない」といい切った。御米はこの一言《いちげん》に心臓を射抜かれる思があった。くしゃりと首を折ったなり家《うち》へ帰って、その夜《よ》は夫の顔さえ碌々《ろくろく》見上げなかった。

御米の宗助に打ち明けないで、今まで過ごしたというのは、この易者の判断であった。宗助は床の間に乗せた細い洋燈《ランプ》の灯《ひ》が、夜の中に沈んで行きそうな静かな晩に、始めて御米の口からその話を聞いたとき、さすがに好《い》い気味はしなかった。

「神経の起った時、わざわざそんな馬鹿な所へ出掛るからさ。銭《ぜに》を出して下《くだ》らない事をいわれて詰まらないじゃないか。その後《ご》もその占《うらない》の宅《うち》へ行くのかい」

「恐ろしいから、もう決して行かないわ」

「行かないが可い。馬鹿気ている」

宗助はわざと鷹揚《おうよう》な答をして又寐てしまった。

宗助と御米が友人の安井を裏切るに至った顛末

この後の十四章で、学生時代に、宗助と御米が友人の安井を裏切ったという顛末《てんまつ》が、読者に初めて明らかにされることになります。御米が、易者の話を年末のある夜、宗助に対して告白したことは先に見た通りですが、大家さんの坂井さんのところで、宗助が野中家の唯一の遺産として残った抱一の屏風を売ったお金が残っており、その三円で銘仙の反物を買って御米にプレゼントしたとき、御米は何と言ったでしょうか。値段を聞いて、「安い安い」と言ったのです。もちろんそれは反物の値段についての感想ですが、同時に自分が裏切ったかつての愛人の名前でもあったのです。ある時期までは安井が今どうしているかとか、満州に行ったとか、宗助御米夫婦はお互いに話をしていたのですが、「近来」ずっと「安井」については話題にしていなかったのです。宗助は意識していなかったのですが、忘れていた「安井」の名前が、この反物を媒介に、御米の口から発せられてしまいます。御米もそのことに気がついて、この夜の告白に至ったわけです。

そういう意識と無意識の狭間の事件が、過去を思い起こすきっかけになるわけです。第十四章です。

宗助と御米とは仲の好《よ》い夫婦に違なかった。一所になってから今日《こんにち》まで六年ほどの長い月日をまだ半日も気不味《きまず》く暮した事はなかった。言逆《いさかい》に顔を赤らめ合った試《ためし》はなおなかった。

とても仲のいい夫婦関係を「宗助と御米」は六年間送ってきたということです。そうすると、一九〇九年の末からふりかえって六年間ということですから、一九〇三年に安井を裏切って二人が結婚したのだということが、はっきりとわかります。そのとき、安井を裏切るきっかけになったのはどういうことだったのか。御米は当初安井と同棲《どうせい》していたのですが、二人が同棲して一戸を構える際に、安井は友人の宗助に、妹だと紹介していました。十四章の中頃です。

この予期の下《もと》に、宗助は突然御米に紹介されたのである。その時御米はこの間のように粗い浴衣を着てはいなかった。これからよそへ行くか、又は今外から帰って来たと云う風な粧《よそおい》をして、次の間から出て来た。宗助にはそれが意外であった。然し大した綺羅《きら》を着飾った訳でもないので、衣服の色も、帯の光も、それほど彼を驚かすまでには至らなかった。その上御米は若い女にありがちの嬌羞《きょうしゅう》というものを、初対面の宗助に向って、あまり多く表わさなかった。ただ普通の人間を静にして言葉寡《すく》なに切り詰めただけに見えた。人の前へ出ても、隣の室《へや》に忍んでいる時と、あまり区別のない程落付いた女だという事を見出《みいだ》した宗助は、それから推して、御米のひっそりしていたのは、穴勝《あながち》恥かしがって、人の前へ出るのを避けるためにばかりでもなかったんだと思った。

安井は御米を紹介する時、

「これは僕の妹《いもうと》だ」という言葉を用いた。宗助は四、五分対坐《たいざ》して、少し談話を取り換わしているうちに、御米の口調の何処にも、国訛《くになまり》らしい音《おん》の交《まじ》っていない事に気が付いた。

「今まで御国の方に」と聞いたら、御米が返事をする前に安井が、

「いや横浜に長く」と答えた。

安井は日本海側の福井の出身だということになっていますから、宗助が安井のしゃべり方から意識していた国訛りが、妹と紹介された御米からは聞こえないわけです。それで、妹といっていたが違うのではないかと疑い始めます。御米と同居し始めた安井の家に出入りすることになった中でのことです。

こんな事が重なって行くうちに、木の葉が何時の間にか落ちてしまった。そうして高い山の頂が、ある朝真白に見えた。吹き曝《さら》しの河原《かわら》が白くなって、橋を渡る人の影が細く動いた。

その年の京都の冬は、音を立てずに肌を透《とお》す陰忍な質《たち》のものであった。安井はこの悪性《あくしょう》の寒気に中《あ》てられて、苛《ひど》いインフルエンザに罹《かか》った。熱が普通の風邪《かぜ》よりもよほど高かったので、始は御米も驚ろいたが、それは一時の事で、すぐ退《ひ》いたには退いたから、これでもう全快と思うと、何時まで立っても判然《はっきり》しなかった。安井は黐《もち》の様な熱に絡《から》み付かれて、毎日その差し引きに苦しんだ。

医者は少し呼吸器を冒されているようだからと云って、切に転地を勧めた。安井は心ならず押入の中の柳行李《やなぎごうり》に麻縄を掛けた。御米は手提鞄《てさげかばん》に錠を卸《おろ》した。宗助は二人を七条まで見送って、汽車が出るまで室《へや》の中へ這入って、わざと陽気な話をした。プラットホームへ下りた時、窓の内から、

「遊びに来給え」と安井が云った。

「どうぞ是非」と御米が言った。

安井は、インフルエンザに罹ってなかなか熱が引かず治らないというので、医者から勧められて転地療養に出かけます。京都からの関西地域の転地療養地といえば、神戸のほうの温かい海辺ということになります。安井がこの時、京都でインフルエンザに罹ったのは、日本におけるインフルエンザの流行が、日清戦争後の海外との関係と不可分に結びついていたからです。転地療養している安井の所から、何度も遊びに来いという葉書が届くので、宗助は遊びに出かけて、三人

で京都に帰ってくるのです。

宗助はもっと遊んで行きたいと云った。御米はもっと遊んで行きましょうといった。安井は宗助が遊びに来たから好い天気になったんだろうと云った。三人は又行李と鞄を携えて京都へ帰った。冬は何事もなく北風を寒い国へ吹き遣った。山の上を明らかにした斑《まだら》な雪が次第に落ちて、後から青い色が一度に芽を吹いた。

宗助は当時を憶《おも》い出すたびに、自然の進行が其所ではたりと留まって、自分も御米も忽ち化石してしまったら、却って苦はなかったろうと思った。事は冬の下から春が頭を擡《もた》げる時分に始まって、散り尽した桜の花が若葉に色を易《か》える頃に終わった。凡《すべ》てが生死《しょうし》の戦《たたかい》であった。青竹を炙《あぶ》って油を絞る程の苦しみであった。大風《おおかぜ》は突然不用意の二人を吹き倒したのである。二人が起き上がった時は何処《どこ》も彼処《かしこ》も既に砂だらけであったのである。彼らは砂だらけになった自分達を認めた。けれども何時吹き倒されたかを知らなかった。

世間は容赦なく彼等に徳義上の罪を脊負《しょわ》した。然し彼ら自身は徳義上の良心に責められる前に、一旦茫然《ぼうぜん》として、彼等の頭が確《たしか》であるかを疑った。彼らは彼らの眼に、不徳義な男女《なんにょ》として恥ずべく映る前に、既に不合理な男女として、不可思議に映ったのである。其所に言訳らしい言訳が何にもなかった。だから其所にいうに忍びない苦痛があった。彼らは残酷な運命が気紛《きまぐれ》に罪もない二人の不意を打って、面白半分 穽《おとしあな》の中に突き落したのを無念に思った。

曝露《ばくろ》の日がまともに彼等の眉間《みけん》を射たとき、彼等は既に徳義的に痙攣《けいれん》の苦痛を乗り切っていた。彼等は蒼白《あおじろ》い額を素直に前に出して、其所に焔《ほのお》に似た烙印《やきいん》を受けた。そうして無形の鎖で繋《つな》がれたまま、手を携えてどこまでも、一所に歩調を共にしなければならない事を見出した。彼等は親を棄《す》てた。親類を棄てた。友達を棄てた。大きく云えば一般の社会を棄てた。もしくはそれらから棄てられた。学校からは無論棄てられた。ただ表向《おもてむき》だけはこちらから退学した事になって、形式の上に人間らしい迹《あと》を留《とど》めた。

これが宗助と御米の過去であった。


宗助と御米が、安井を裏切るきっかけになったのは、安井が感染症としての「インフルエンザ」に罹り、その転地療養に行った先でのことだということが明らかにされています。この出来事が、「六年前」、すなわち一九〇三年になっていますから、日露戦争開戦の前年です。

一九〇二年四月八日の露清協定に基づく撤兵期限が過ぎても、ロシアは撤兵せず、鴨緑江南岸《おうりょっこう》で森林伐採を始めていました。国内ではロシアとの開戦論と非戦論が、新聞紙上で真っ向から対立していました。六月に入って、桂太郎内閣は御前会議を開き、開戦世論とアメリカやイギリスの支持を背景に対露交渉案をまとめていきます。交渉の要は、朝鮮と満州の勢力圏をめぐる問題です。

宗助と御米が、安井を裏切る行為は、先の引用部では、「事は冬の下から春が頭を擡《もた》げる時分に始まって、散り尽した桜の花が若葉に色を易《か》える頃に終わった」とありました。安井を、宗助と御米が裏切った季節は、そのまま、日露開戦に至る過程と重なります。そして、これまで明らかにして来たように、二人が広島で暮らしたのが日露戦争中、そして戦後は福岡、しばらくして東京に戻って来たということになります。

安井については、日露戦争後、日本の支配下におかれた「満州」に行ったというところまで、宗助と御米は知っているのです。そして正月になって、新年の挨拶に大家の坂井さんを訪れると、正月に帰国していた彼の弟が、「安井」という満州で一緒に事業をしている男と一緒に帰国しているから会ってみないか、と宗助は提案されるのです。驚いた宗助は、御米は東京においたまま修善寺の禅寺に逃亡します。ここが冒頭の「胡座《あぐら》」が長つづきしない宗助の設定と重ねられているわけです。

「インフルエンザ」と「腸チフス」という感染症の問題は、こうした日露戦争をめぐる記憶を、新聞小説の読者の意識の前面に押し出すための、重要な装置として機能しているわけです。

鎌倉の参禅から帰った宗助が坂井宅を訪れ、「御舎弟《ごしゃてい》」のことを尋ねると、「四、五日前」に帰ったとしたうえで、こう付け加えます。

「安井ですが、あれも無論一所です。ああなると落ち付いちゃいられないと見えますね。何でも元は京都大学にいたこともあるんだとかいう話ですが。」

この瞬間、「安井」がほぼ間違いなく、宗助と御米が裏切った当人であることが明確になるのです。しかし「安井」が満州にいるということも、満州を戦場とした日露戦争と深くかかわっています。さらにその後の朝鮮半島の支配に重要な役割を担った、伊藤博文の安重根による射殺から始まる『門』という小説が、「インフルエンザ」と「腸チフス」という感染症の記述から、一連の戦争と大日本帝国の帝国主義化をめぐる歴史的な記憶を、読者に想起する設定になっているのではないかと、私は考えています。

あとがき

漱石夏目金之助の主要な長篇小説の設定において、主人公や中心人物の運命に、「腸チフス」や「インフルエンザ」といった感染症が、きわめて重要な影を落としていたことを、本書では、いわゆる「前期三部作」と言われている『三四郎』、『それから』、『門』を中心に論じました。

『三四郎』では、主人公が小説内部でかかわることになる、里見美禰子と野々宮よし子という二人の女性と同時に出会うのが「青山病院」です。日本の感染症研究の第一人者である北里柴三郎と深い因縁のある、青山胤通が院長をつとめる、帝国医科大学付属病院のことです。そして三四郎が「インフルエンザ」に罹っているときに、よし子のお見合い相手と美禰子が結婚することになったと、三四郎はよし子から伝えられます。感染症が人間関係の要にかかわっているのです。

『それから』の三千代が、平岡常次郎と結婚することになったのは、「青山病院」の東側の清水町に一軒家を借りていた兄菅沼の所へ田舎の母親が遊びに来て、「腸チフス」に感染したからです。森田草平の『煤煙』が新聞連載されている設定になっていますから、『それから』の現在時は一九〇九年の春。その「四、五年前」に代助は「三千代と知り合いになった」と設定されているので、一九〇四年か五年、つまり日露戦争の最中です。

「腸チフス」は日露戦争の戦場で、多くの兵士たちが罹患した、消化器系の感染症です。本書では取り上げることは出来ませんでしたが、多くの高等学校の国語教科書に採られている『心』の、「先生」の両親は、日清戦争中に「腸チフス」に罹って亡くなったという設定になっています。普通の兵士たちは、日本に到着してすぐ、軍港近くの医療施設に収容されたでしょうが、将校級の軍人たちは、東京帝国大学医科大学付属病院で治療を受けていた者もいました。すぐ裏手の清水町に田舎から出て来た母に、「腸チフス」が感染し、それが見舞いに行った兄菅沼にも感染したという設定になっていることがわかります。

『門』の宗助の場合は、亡くなった父親の遺産としての家屋敷の処分を叔父に頼んだものの、「腸窒扶斯《ちょうチフス》」に罹り、三カ月以上寝込んでしまいます。結果として東京の不動産の処分については曖昧になり、当然仕事も続けられない状態に追い込まれます。この「腸窒扶斯」に感染したのが「広島」だということは重要です。呉のある軍都広島でしたから、友人安井を裏切って、京都帝国大学を退学になった宗助とお米夫婦にも、日露戦時下だからこそ職があったのです。

そして宗助とお米は、安井が「インフルエンザ」に罹って、それをこじらせ、転地療養していた旅行の後に、彼を裏切ることになります。『門』においても、主要作中人物の運命は感染症によって突き動かされています。

そうした漱石文学における感染症に対する、小説内部の人物たちの運命を左右する扱い方は、漱石夏目金之助の在り方と、深くつながっています。それは本書の第Ⅰ章で明らかにしたように、江戸幕府が、二一四年間続いた「鎖国体制」を、マシュー・ペリーの要求に基づいて解除したときから行われはじめた天然痘の予防接種を、塩原昌之助の養子にやられた金之助も受けさせられて、それが本疱瘡の発症につながった、という事実によっています。

「主人は痘痕面《あばたづら》である。御維新前《ごいっしんまえ》はあばたも大分流行《はや》ったものだそうだが日英同盟の今日から見ると、こんな顔は聊《いささ》か時候後《おく》れの感がある」という『吾輩は猫である』第九章の冒頭の一節は、漱石夏目金之助の自己認識だけでなく、近代日本と感染症とのかかわりを実に正確かつ的確に言語化している表現だと、本書をまとめる過程で、私は考えさせられました。

「御維新前《ごいっしんまえ》」は、天皇の勅許を得ずに、江戸幕府が「安政五カ国条約」により開国したことに対する、明治維新政府をつくることになる勢力の、軍事クーデターのことです。開国をしたからこそ、「種痘所」が設けられたわけです。そして「安政五カ国条約」の条約改正が明治維新政府の大義名分だったわけです。その不平等条約体制を打破する契機となったのが、イギリス植民地香港で流行していたペストに対して、派遣された北里柴三郎が、ペスト菌を発見して対策に重要な役割を果たしたからでした。その後ユーラシア大陸をはさむイギリスと日本が「日英同盟」を結んだことが、日露戦争におけるきわどい勝利を呼び込むわけです。自分自身の顔に刻まれた、感染症としての天然痘の痕跡を、「文明開化」の歴史の中で意識しつづけるところに、夏目漱石の文学における、帝国主義戦争を見つめなおす眼差しの定点があるように思えてなりません。

小森陽一（こもり・よういち）

1953年、東京生まれ。東京大学名誉教授、専攻は日本近代文学、夏目漱石研究者。「九条の会」事務局長。著書に、『世紀末の予言者・夏目漱石』（講談社）『漱石論　21世紀を生き抜くために』（岩波書店）『漱石を読みなおす』（岩波現代文庫）『子規と漱石―友情が育んだ写実の近代』（集英社新書）『夏目漱石、現代を語る　漱石社会評論集』（編著、角川新書）『小森陽一、ニホン語に出会う』（大修館書店）『13歳からの夏目漱石』『戦争の時代と夏目漱石』『夏目漱石「心」を読み直す』（かもがわ出版）など多数。

協力　株式会社 たびせん・つなぐ
　　　http://www.tabisen-tsunagu.com

感染症の時代と夏目漱石の文学

2021年9月30日　第1刷発行

著　者　　© 小森陽一
発行者　　竹村正治
発行所　　株式会社かもがわ出版
　　　　　〒602-8119　京都市上京区堀川通出水西入
　　　　　TEL075-432-2868　FAX075-432-2869
　　　　　振替 01010-5-12436
　　　　　ホームページ http://www.kamogawa.co.jp
印　刷　　シナノ書籍印刷株式会社

ISBN978-4-7803-1188-4　C0095